書下ろし

武装警察

第103分署

たかぎ　あすけ
鷹樹烏介

祥伝社文庫

目次

プロローグ

梅雨（つゆ）の終わりの気配が濃い深夜。

骨（ほね）まで染みるような冷たい雨が、東京湾の埋立地に降っていた。

そこには高さ四メートルほどの巨大で長大なフェンスがあり、潮風が吹き抜けて不吉な〝泣き女（バンシー）〟の嘆（なげ）き声のような薄ら寂（さび）しい音を立てている。

街灯は割られて道路を照らすこともなく、枯れかけた花のように頭（こうべ）を垂れていた。

建設途中で放置された巨大ホテル群は、鉄骨むき出しのまま錆（さ）びるに任せ、無残な姿を晒（さら）している。

無音のまま赤色灯を回転させ、フェンス沿いの荒れ果てた道路を微速でパトカーが、二人のベテラン警察官を乗せて走っていた。

パトカーは東京二十三区内では珍しいことに、ランドクルーザーを改造したもので、悪路と成り果てた道路をモノともせずに走っている。

準軍用とも言えるゴツいパトカーはアラートの発生で停車した。

助手席の小太りの警察官が無線機のスイッチを入れてマイクに言う。

「こちら巽（たつみ）3号車、検問破りを感知した。交通課（トカゲ）の救援を願う」

サイレンを鳴らし、その場でUターンしたパトカーがガクンガクンと揺れる。

この時間この場所に存在しているはずがない車の存在が、マップ上に示されていた。

『こちら管制（コントロール）、違反者を感知せり。ドローン展開。巽3号車はそのまま適正な距離を保ち追跡を継続せよ』

スピーカーから流れたのは、女性の合成音声だった。この『特区（とっく）』に限り、管制センターは人工知能（AI）により自動化されていた。事案の発生が多すぎて、警視庁の通信指令室の業務を圧迫してしまうのが理由だ。

乱暴にハンドルを切った運転席の警察官が、舌打ちする。

「抑揚のないコイツの声は、毎回毎回ゾッとする」

「柿沼（かきぬま）君はデリケートだねぇ」

助手席の小太りの警察官がまぜっ返す。

もう一度舌打ちして、運転席の柿沼が言う。

「口閉じてろ田中（たなか）。舌噛（か）むぞ」

都内の道路とは思えないほど穴だらけのアスファルトに、車体が大きくバウンドした。

軍用のノーパンクタイヤがアスファルトに擦れて甲高い音を立てる。

「検問破りを視認した！　黒のダットラ！　ナンバープレートなし！　ああ、ちくしょう、荷台に機関銃を確認！　『テクニカル』だ！　これで『特区』の外に出るつもりか⁉」

田中が管制に報告する。もたらされた情報は即時共有されるようになっていた。

テクニカルとは、中東やアフリカなどの紛争地帯で使われる民生品の４ＷＤ車の荷台に、銃座を設えた簡易戦闘車両の事である。

『本件は〈重武装案件〉と認定せり。当該事案は銃器薬物対策係機動班へ移管。巽３号車は適正な距離を保ち安全に追尾せよ』

合成音声に柿沼がまた舌打ちし、

「この特区のどこが安全だってんだ⁉」

と、吐き捨てる。助手席の田中が頷いた。

――『凶悪犯罪対策特別区域』通称〈犯罪特区〉――

東京湾に突き出した半島のようなこの埋立地は、ついに発生した『首都圏直下型地震』により、【建物の安全が確保できないエリア】とされ、立ち入りが制限された場所。

国土交通省、総務省消防庁、東京消防庁の耐震補強推進や防災啓発活動により、東京湾で発生した震度６弱の地震は想定をはるかに下回る被害で済み、急ピッチで復旧も進んだが、例外はバブル期に建てられたこの『埋立地の高層建築物』だ。

理論上は問題ないとされていた高層マンションは倒壊こそ免れたが、中層階のせん断破壊の疑いや、高層階の長周期地震動による電線等の断線で、住民は一時避難を余儀なくされた。

膨大な復興費を賄う奇策として、一度は棚上げにされていた『東京湾岸カジノ計画』を推進されることが決定する。

国会議員と東京都議会議員と有識者で作られた第三セクター『カジノ構想推進委員会』では、中華人民共和国マカオ特別行政区をモデルにすることが決定され、当時好景気で投資先を探していた中国の大手不動産会社を多く誘致した。

この決定には多額の裏金が流れたと噂されていたが、誰もが口をつぐんだ。

だが、いわゆる『中国不動産バブル崩壊』によって元請けである中国の不動産会社が次々と不渡りを出すと、関与した『媚中派』政治家の醜聞がすっぱ抜かれ、下請けの建築会社は複数が連鎖倒産という事態になってしまった。

中国の不動産会社が一種の国策企業であることは公然の秘密だが、巨額の負債を目の当たりにして、

「あれは一企業がやったこと」

と、切り捨てて頬かむりを決め込んでしまう。

結果、中国と日本で、元請け、下請けの経営者の失踪や自殺が相次ぎ、あれほどの巨大事業であったにもかかわらず、『だれが責任者なのか不明』という事態になってしまった。

建設途中の巨大なカジノ、ホテル、ショッピングモールの複合施設ビル群は、こうして撤去もされず廃墟となってしまい、現在に至っている。

復興もままならぬまま放置され、政府で検討会ばかりが繰り返されている間、この巨大なエリアに入り込んだのはイリーガルな連中。こうした反社会的な組織が入り込むことで、このエリアは日本で最も危険な犯罪多発地域となってしまっていた。

警視庁のしっかりした統制により、都内では外国人犯罪者の地縁組織を作らせなかったのだが、こうした連中が都心に近い空白地帯に目を付けたのだ。

不法占拠と重武装化で、あっというまにブラジルの最貧民地帯ファベーラを凌駕する規模のスラム街が形成され、治安は瞬く間に悪化。住民が逃げ出す『ドーナツ化現象』がおきてしまった。

所轄は月島警察署だったが、アサルトライフルや手榴弾やRPGで武装した外国人マフイアの対策など出来るはずもない。

そこで、警視庁は、〈犯罪特区〉専従の警察署を新設し、埋立地である月島周辺の橋を全て封鎖することで凶悪犯罪の封じ込めに努めているのが現状だ。

「英雄になろうと思うなよ。あと五ヵ月で任期は終わる。そうすれば、俺たちの前歴はまっさらになる。ちょっとばかし小遣い稼ぎしたぐらいで、懲戒処分は理不尽だ」

「あれは、罠だった。警務部にハメられたんだ。俺たちは悪くねぇ」

車載カメラを望遠モードにして、モニタに追跡している車両の映像を拡大する。

画面には、荷台に伏せていた男が銃座に摑まりながら立ち上がる姿が映されていた。

「はっ！　M60機関銃だ！　ランボー気取りかよ」

助手席のモニタを横目で見ながら、柿沼が鋭く笑う。

馬鹿にしながらも、念のため距離を取るため減速はした。

「7・62×51ミリNATO弾だろ？　この車両は二十メートルの距離から撃たれても貫通しない防弾処理がされているから大丈夫だと思うぜ」

武装の証拠として、動画を撮影しながら田中が言う。

片手でハンドルを握りながら、柿沼が口汚くののしり、震える手でポケットからタバコを出し咥える。

田中も自分のポケットからタバコを抜き出して咥え、イムコのオイルライターで吸い付ける。

柿沼のタバコにもそのまま火をつけてやる。勤務中の喫煙は服務規定違反だが、このエリアの警察官は誰も気にしない。

五年という任期を生きて全うすれば、全ての懲戒記録が白紙にリセットされ、一階級特進するという不文律が存在するからだ。

そうでなければ、重武装犯罪が頻発するこの〈犯罪特区〉に着任する者は皆無だ。

モニタ上ではM60機関銃に弾帯(だんたい)を嵌(は)めこみ、射撃準備する男の姿が映されている。目出帽で顔を隠していることも含め、ここは本当に日本なのかと、田中は改めて眼を疑った。

「撃って来るぞ！　くそっ！　警察ナメやがって！」

相手が警察だからといって躊躇(ためら)う犯罪者は、ここにはいない。それを知っているので、柿沼はパトカーを減速してテクニカルと距離を更に広げた。

「銃器薬物対策係機動班が接近中だ。巻きこまれたくねぇ、もっと距離をとれ柿沼」

助手席の田中が、リアルタイムで緊急車両が表示されるモニタを見ながら柿沼に注意する。

テクニカルが発砲したのは、その時だった。毎分五百発という速度で、弾がばら撒(ま)かれる。

揺れるテクニカルからの発砲だ。そのほとんどは地面に跳弾して火花を散らし、あるいは虚空に飛び去る。それでも、何発かは車体に当たった。

「〈マル対〉発砲！　動画記録確認！」

『発砲を確認。証拠として保存します。証拠映像№二〇二〇一一二三ノ十七』

田中の報告に管制が答える。

助手席で足を踏ん張って体を支えている田中が、銃器薬物対策係機動班の装甲車の赤いパトライトを目視した。

この装甲車は白黒のツートンカラーに塗装されているが、陸上自衛隊から警視庁に払い下げられた96式装輪装甲車だ。ブルドーザーのような、油圧式の排土板が装着されている。

それがテクニカルとの衝突コースをとっていた。この車両が現着した時点で、パトカーの役割は終わりだ。

「停車しろバカ！　なに加速してんだ！」

助手席のダッシュボードに固定されたモニタから眼を離して、田中が見たのは、頭部のほとんどを吹き飛ばされた柿沼の姿だった。痙攣する心臓に合わせて、ビュビュッと消失した頭部から血が噴き出ている。

ＮＡＴＯ弾を貫通させない性能のフロントガラスに一つ穴が開いており、顔面に命中したらしいことがわかった。アクセルを踏んだままだということも。

「くそ！　くそ！」

田中がハンドルに飛び付こうとしたが、パトカーは時速七十キロメートルに加速しつつ街灯の支柱に突っ込んでいった。

「こちら、機動装甲車。テクニカルを排除した。外国人と思われる乗員二名重傷。一名逃亡。巽3号は……全損（ぜんそん）だなぁ。あ、炎上した。また殉職だよ。回収班を頼む」

装甲車から降りてきた男が、ため息混じりに無線機に言う。機動隊を思わせる濃紺の出動服姿の男だった。

車体を街灯の支柱に喰い込ませて白煙を上げていた巽3号車が、小さな爆発音とともに炎上していた。炎は火柱となっていて、接近するのも危険な状態だ。

「助けに行かないのか？　小倉（こくら）」

ポータブル無線機で話す男の隣に、やはり出動服の男が並ぶ。手には小型の消火器が握られている。

二人ともがっしりとした体つきで、機動隊員に見えるが、実際は〈犯罪特区〉専従警察署の刑事組織犯罪対策課の刑事だった。

「可哀想だが、もう俺らの仕事じゃねぇだろ、阿仁（あに）ちゃんよ。それより、逃げた奴だ」

テクニカルは横腹を排土板でブチ当てられ、くの字に曲がって横転している。

その脇に、阿仁によってひしゃげた車体から乱暴に引きずり出された犯罪者が横たわって呻（うめ）いている。

タブレットで、車載カメラの映像を確認していた小倉が、銃座から吹っ飛ばされて草むらの中に消えた犯人の映像を管制に送った。

あとは自動的にドローンが逃亡した犯人を捜索することになっている。

「支援も無しに追跡は御免だ。命がいくつあっても足りんからな」

阿仁がポケットからタバコを取り出して、ジッポーで火をつけながら答える。

「それじゃ尋問か。馬鹿なことした真意を聞きださないとな」

「回収班が来る前に片付けよう。管制、映像記録停止」

映像記録を一時停止した旨、AIにより合成された音声が告げる。

それを聞いて、二人は無線機の電源を切った。支給品の無線機には自動録音装置がついているからだ。

両足を骨折しているらしい外国人が、浅黒い肌を汗でテカらせて地面を這いずる。

もう一人は胸骨を骨折しているらしく、折れた肋骨が肺に刺さっているのか、血泡を吹いていた。意識も混濁しているらしい。

「知っているか？　小倉。日本の刑務所は、衣食住も労働賃金もこいつらの故郷より上で、医療まで完璧らしいぜ」

足を骨折しているらしい男が命乞いをする。言語はスペイン語だった。

肩に消火器を担ぎながら、阿仁が言う。

「逮捕された方が、上等な暮らしが出来りゃ、重犯罪も怖くないわな」

へらへらと小倉が笑った。

「しかも、税金だぜ？　尋問なら一名のこってりゃいいだろ」

阿仁が肩の消火器を、血泡を吹いている男の顔面へ思い切り叩き下ろす。何度も何度も何度も。

それを見ていた足を骨折している男が悲鳴を上げた。

「〈特区〉の警察をナメんじゃねぇよ」

小倉が折れている男の足を、ブーツで思い切り踏みつけながら言った。

第一章

店内はあらかた片付いて、ガランとしていた。

テキサス州西部、エルパソ郊外のフォート・エイトにある観光客相手のシューティングレンジ兼銃砲店が俺の店だ。

父から譲り受けた店で、食っていける程度には繁盛していたが、とある事情で長期休業をせざるを得なくなったのだ。

売り物の銃器は、知り合いの銃砲店に委託販売という形になり、手数料の分減収になる。

それでも店を完全に畳まないのは、銃砲店が許可制で再取得が面倒だから。まぁ、一種の利権なのでわざわざ手放すことは無いという判断だ。

強化ガラスの展示ケースに腰掛けて、チューインガムを膨らませているホットパンツにタンクトップ姿の少女は、俺の荷造りを手伝うでもなく、段ボールだらけになった店内を見回している。

ポニーテールに束ねた亜麻色(あま)の髪は若い頃の母親にそっくりだ。ソバカスが消える頃には、彼女に似た美人になるだろう。

痣(あざ)や生傷がないかどうか？　細く長い首、タンクトップから見える腕、すんなり伸びた脚など、つい観察してしまう。

それが習慣になっていた。この地を離れる俺にはもうそれも必要なくなるが。

この少女は、アンナ・バーソロミュー。彼女の父親はフランク。酔うと女房と子供に暴力をふるうクズ野郎だ。

俺がアンナに『銃砲店(パニックルーム)』というあまり子供向きじゃない場所に出入りを許しているのは、彼女がこの店を自分の緊急避難用の部屋にしているからだ。

泣きながら夜中に駆けこんで来たこともある。血だらけだったので病院に担ぎ込んだが、その時は頭を三針縫ったはず。銃の台尻でぶん殴られたと彼女は保安官に訴えていた。

だが、いつも制服のズボンに小便の染みをつけている老保安官は、口頭でフランクを注意しただけだった。

あらゆることが億劫(おっくう)になっている老保安官は、特に書類を作るのが苦手だ。

三人の保安官助手は、学生の頃からフランクの腰巾着(こしぎんちゃく)ども。アンナが訴えても、事件にならない。

フォート・エイトは人口千人の小さな町である。学校は州立フォート・エイト校しかなく、この小さな町の住民は殆(ほとん)どが同窓生だ。こうした町は往々にして排他的になる。

十二年前、俺がハイスクールの『シニア』で引っ越してきた時、フランクは学校のアメリカンフットボールの花形ランニングバックだった。加えて、チアリーダーをやっていたアンナの母親ルビィと付き合っていた。典型的な『スクールカースト上位』ってやつだ。

こうした閉ざされた田舎(いなか)町は、スクールカーストがそのまま私生活に移行することがままある。

フォート・エイトではフランクが王だった。

アンナを護ってくれるはずの母親ルビィは、フランクに殴られ過ぎて萎縮(いしゅく)しきってしまい、毎週毎週『転んで』怪我をしている。

パレードで女王を演じた美しい少女は、路地裏で残飯を漁(あさ)る野良犬みたいな目つきの萎(しな)びた女になってしまった。

何度か、ドメスティックバイオレンスから逃げるためのシェルターを紹介してあげたが、

「フランキーは、夢がやぶれて辛(つら)いのよ。私が支えてあげないと……」

などと言う始末だった。まるで、カルト信者だった。

フランクが荒れたのは、膝の故障でアリゾナ州立大学『サンデビルズ』経由でＮＦＬに

入る夢が潰えてから。

あと一歩で、スターへの道が閉ざされてしまったのは、さぞかし悔しかっただろうが、女房子供に暴力を振るっていい理由にはならない。

　俺がこの町を離れるにあたって気になるのは、フランクとその取り巻きがアンナを見る目つきだった。

　あれは、メスを狙うオスの獣の眼だ。アンナが俺の店に逃げ込む頻度が多くなったのは、本能的に危険を感じているからだろう。

『護った命には、責任がある』

　それは、俺の一族の家訓だ。俺はアンナを助けた。この町を離れるからには、何かしなければならなかった。

「あれ、何？」

　アンナが指差した先には、展示棚を増設した時に隠れてしまった古いポスターがあった。

　フリンジで飾られ、スパンコールがきらめく衣装を着た覆面の男が、西部開拓期の銃コルト・SAAを構え、誇らしげに立っているポスターだった。

「神秘の国・日本からやってきたニンジャの末裔！　百発百中のニンジュツを引っ提げて、この町にやってきた我らがヒーロー！　エル・サムライであります！」

俺の口上に、アンナがぷっと吹いた。

「どこから突っ込んでいいか、わかんない。ニンジャとサムライは別物だし、なんでメキシコ系の名前なの？」

「外見が東洋人の俺が、もっともらしいワードをちりばめて言うのに意味があったんだよ。あと覆面といえばメキシコ風プロレス（ルチャリブレ）だろ？」

アメリカに『ガン・ショー』という旅芸人の形態がある。曲芸撃ちや早撃ちを見世物にしたり、暴れ牛にまたがるロデオを見せたりする。

俺の父親はその一座を率いていて、エル・サムライは親父が演じる覆面のヒーローだった。父親が演者だったので、司会進行は俺の役割になっていた。

物心ついてから、旅から旅への暮らし。一座全員が家族みたいなものだった。

一座が解散して、この町に定住となった今でも、俺はあの暮らしが懐かしい。

「そのポスター、やるよ」

「いらないって。ずっと貼ってあったんでしょ。大事なモノなんじゃないの？」

俺はポスターが破れないように慎重に壁から剝（は）がして、くるくると丸めアンナに差しだした。

「もう、俺にとってヒーローじゃなくなっちまったからな。でも捨てられない。だからアンナが貰ってくれると助かる」

しぶしぶアンナがポスターを受け取る。同時に俺は鍵を渡した。

「なにこれ？」

「キャンピングカーのキーだよ。仕事を頼みたい」

そのキャンピングカーは、ガン・ショー一座だったころの名残だ。これも、捨てられないでいた。

「ソーラーパネルが天井にあるので、蓄電池で電気が使える。内部をきれいに掃除して維持管理する仕事を頼みたい。俺にはもう出来ないからな」

アンナは、助けてくれるはずの大人に虐待を受けてきた子だ。なので、まだ十五歳なのに、言葉の裏を忖度し、表情を読むのが上手い。

「それって……」

絶句したところを見ると、俺の意図は汲んでいるらしい。新しい彼女の緊急避難場所を用意したのだ。

「内部にあるものは、冷蔵庫もノートPCも自由に使っていい。地図はこのメモに。あと、自分で処理できない事柄に遭遇したら……」

名刺を一枚、アンナに渡す。

「こいつを、頼れ。俺の名前を出せば、たいていのトラブルは解決してくれる」

一座で『ハンドアックス投げ』を芸にしていたネイティブアメリカンの男の名刺だっ

た。名前をテクムセ・カミングスという。テクムセは俺の数少ない友人の一人で、今はニューメキシコ州で細々と民芸雑貨店を開いている。エルパソからもそれほど遠くない。ナイフコンバットや素手での喧嘩のやり方は、彼から教わった。荒事なら頼りになる男だ。

アンナは頭がいい。勘も鋭い。すれ違って挨拶(あいさつ)しただけなのに、フランクの俺に対する怯(おび)えを察知するほど。

それに、何より「悪」を感じ取る能力に長(た)けている。理不尽な暴力に晒(さら)されていた経験から、法執行官になりたいという願望があることを俺は知っていた。

彼女には才能があり、向いている。

「ブンシローは、どうして私を助けてくれるの? 他人なのに?」

お守りのようにキーを抱きしめながらアンナが言う。

「君は俺を頼った。その時、俺は助けることを選択した。選択には『責任』ってやつが伴うんだ」

我が家の家訓だ。一族最後の一人として、守らなければならない。

「資料を買い込んだが、読む時間がなくなってしまった。キャンピングカーの書庫の本は、全部読んでいい」

アンナは、勉強が出来る環境にいない。隠れ家兼勉強部屋になればいいと、参考書などを買い揃えてあった。

カレッジ進学も視野にいれて奨学金などのパンフも入手してある。こうした事柄は本来親の仕事だが、あの夫婦はダメだ。

「もう、ここには帰ってこないの？」

「仕事で日本に行くんだ。しばらくは帰れないだろう。それまで、キャンピングカーの整備を頼む」

これで後顧の憂いは断った。アンナは賢い子だ。あとは自分の身は自分で護れるだろう。

「一緒に行きたい。連れて行ってよ」

ヘーゼルナッツを思わせる色のアンナの眼が、まっすぐ俺を見る。彼女はいわゆる『目力』が強くて、俺はたまに怯む。

「無理だ。日本留学って手段もあるが、今からじゃ間に合わないよ」

腰掛けていた強化ガラスのケースから、アンナが飛び降りて俺に詰め寄った。

「あんたが町を離れるタイミングで、クソ野郎が何者かにぶちのめされて入院したんだけど、これって偶然なの？」

彼女の言う『クソ野郎』とは父親のフランクの事だ。

「偶然だよ」

「うそつき！」

フランクみたいなタイプは警告をするために、直接的な恐怖が必要だ。

『何者かがアンナを護っている』

ということを分からせることが肝要だった。

そして、DVとネグレクトに晒されていたアンナには無条件で守ってくれる大人が必要だ。

アンナが右ストレートを打ってくる。俺はそれを掌で受けた。腰の入った重いパンチだった。左のフック、右のボディアッパーとコンビネーションを重ねて打ってきた。

俺がそれを教えたのだが、アンナは優秀な生徒だった。

「いいパンチだ」

「馬鹿！　さよならも言わないし、お見送りなんかしないからねっ！」

一瞬だけクリンチして、くるりと背中を向けてアンナが走り去る。

ハグだったのかも知れない。

※　※　※

新設の第一〇三分署は、まるで大規模なガサ入れ前でもあるかのように、制服警官、私服警官、出動服を着た機動隊員が出入りし物々しい雰囲気だが、これは特別ではなく日常だ。

警視庁管内には一〇二ヵ所の警察署があり、警察署が新設されるのは十二年ぶりのことだ。

新設といっても庁舎は月島警察署を流用しており、月島警察署は豊洲に庁舎を新設して機能を全て移している。

旧・月島警察署は、コンクリートの防壁でぐるりと囲まれ、窓はすべて防弾処理されたシールドで補強されている。外見からはわからないが、壁面はセラミック装甲が足されている。まるで、戦場最前線の要塞だった。

正面玄関には立哨の警察官の姿はなく、自衛隊で使われている96式装輪装甲車が土嚢に囲まれてダックインしている。

放水銃ではなく、『96式40ミリ自動擲弾銃』と『12・7ミリ重機関銃Ｍ２』が搭載されていた。

この要塞みたいな警察署を守るのは、第一〇三分署警備課の仕事だった。自衛隊の９ミリ拳銃とＨ＆ＫＭＰ５短機関銃で武装しているのは、ＳＡＴなどの警視庁の特殊部隊以外では異例中の異例だ。

信じられないことに、重機関銃M2の銃座についている警備課の警察官は咥えタバコで紫煙に眼を細めている。

日本とは思えない光景を気にすることなく、片手を上げて96式装輪装甲車の連中に挨拶し正面玄関の石段を上がったのは、革ジャンとジーンズに編上げのブーツという服装の若い女性警察官だった。

身長は百七十五センチある。鞭を束ねたような筋肉質の体つきをしており、髪はベリーショート。革ジャンの下の白いTシャツを押し上げる胸のふくらみがなければ、男性と見まごう姿だった。

「風間ちゃん今日も可愛いぜぇ。おっぱい揉ませてぇん」

機関銃手の警察官が、体をくねらせて、その女性警察官に言う。

彼女は、中指を突き立てた卑猥なハンドサインを見せただけで、振り返りもせずに警察署の中に消えてゆく。

「相棒の丹生が殉職したんで、機嫌悪いぞ。からかうな」

警察署正面を守る装甲車の車長が、機関銃手をたしなめる。

「なんだよ、やっぱりあのイケメンのガンマンとデキてたのかよ」

「彼女は相手を『機能』としか見ていない。さしずめ、お前なんか路傍のクソだな」

短くなったタバコを路上に投げ捨てて、機関銃手がちっちっちと舌打ちした。

「ひでぇなぁ。そこはせめてクソじゃなくて石にしましょうや」

廊下を足音高く歩く風間を見て、署員が左右に避ける。憤怒の表情を浮かべている風間と関りたくないのだ。

風間が目指していたのは、署長室だった。

普通の警察署は、署長室などおいそれと行けない場所だが、第一〇三分署に関しては、例外だった。

それでも一応、無機質なスチール製のドアを拳(こぶし)でガンガンとノックし「失礼します」と声をかけてからノブを捻る。

中では飛谷猶介(とびたにゆうすけ)署長、三上良平(みかみりょうへい)副署長、青山有朋(あおやまありとも)刑事組織犯罪対策課長、狐塚弥一(きつねつかやいち)同課銃器薬物対策係長の四人が会議を開いている最中だった。

風間の直接の上司である狐塚の表情が尖(とが)る。

「ばかもん！　会議中だ！」

怒鳴(どな)られたが、風間は気にも留めていない。

「あ、いや、同僚を失った件で、いつでも相談に乗るって署長殿に言われていたもんで、来ちゃいました。まずかったっすかね？」

飛谷署長は苦笑し、他の三人は苦虫を嚙みつぶしたような顔になった。

「まぁいい。どこから嗅ぎつけたか知らないが、丁度お前さんの今後についても話していたところだ。そこに座れ」

狐塚に横目で睨（にら）みつけられながら、予備の椅子に風間が座る。

飛谷の執務机の前に、ひび割れた合成皮革の古いソファがあり四人の幹部が座っている。ローテーブルには銃器密輸の動向と人事に関する資料が広げられている。

風間はオブザーバーか随行員のように壁際の予備椅子に座っており、背を伸ばしてテーブルの上の資料を覗（のぞ）き見ようとしていた。

守秘義務対象資料もあるので、狐塚がわざと身をよじって風間の視線を遮っていたが、他の三人は気にしていないようだった。

「……銃器関連が活発だ。品質も良く廉価な拳銃（ハジキ）がコロンビアマフィア経由で麻薬と一緒に入ってきやがる。市場を争って密造銃の卸元のフィリピンマフィアとの間が、だいぶキナ臭い」

議長役の飛谷が言う。風間は、今まさにその議題に上がっている拳銃と麻薬のルートを追っていたところだった。小売り担当のベトナムマフィアに風間の相棒の丹生が食い込んだばかりだったのである。

その丹生は喉を切り裂かれ、舌をその傷から引きずり出されるという、いわゆる『コロンビアン・ネクタイ』という方法で処刑され、口にはなぜか金貨が押し込まれていた。

無残な状態の丹生の第一発見者は風間だった。その日からずっと、風間は単独で丹生殺害の犯人を追っている。

この第一〇三分署の所轄での単独行動は、どれほど危険か知っていてなお。

「丹生ほどの男を殺した人物が、コロンビアマフィア内にいる。処刑法でコロンビアマフィアの犯行に見せかけたかも知れないが……」

第一〇三分署の主力ともいうべき刑事組織犯罪対策課の課長の青山がため息混じりに言った。青山は、警視庁内で、一番多く凶悪犯罪に直面した組織犯罪対策関係部署の刑事かも知れない。

この第一〇三分署には、『刑事組織犯罪対策課』の他に『警務課』『交通課』『警備課』『地域課』『水上安全課』がある。

防犯を担当する『生活安全課』は存在しない。勝手に犯罪者が住み着いてスラム化した地域の専従が第一〇三分署だからだ。犯罪が起こるのが大前提になっている。

ロケットランチャーや手榴弾や自動小銃が平然と使われるエリアに、月島警察署では対処できない。

勝鬨橋から入る運河に囲まれた半島状のエリアは、首都圏直下型地震とその復興のための奇策『東京湾岸カジノ計画』の破綻によって廃墟と化した。そこに入り込み重武装した外国マフィアに対抗するため『警察官等拳銃使用及び取扱い規範』が大幅に緩和されている。通称〈犯罪特区〉と呼ばれている。

ＳＡＴやＳＩＴといった特殊部隊でもない普通の警察官が、ＭＰ５のような短機関銃を携えていたり、警察の装甲車に擲弾銃や重機関銃が搭載されているのも、建物が要塞並みに堅牢に補強されているのも、第一〇三分署が〈犯罪特区〉のど真ん中にあるからだ。

ホルスターから銃を抜いただけで問題になる現行の警察の仕組みでは、重武装したマフィアには無力。丹生は、数少ない『銃が使える警察官』だった。

陸上自衛隊からの出向者で、敵地潜入や、射撃や近接戦闘（CQB）の訓練を、アメリカのデルタフォースでうけていた。

特に射撃のセンスは抜群で、世界約二十ヵ国の軍隊から戦闘射撃技術に優れた精鋭たちが集結する豪州射撃競技会で、「戦闘射撃の部」に選抜された一人だった。

この競技会の「戦闘射撃の部」とは、十人ひと組で小銃や機関銃といった拳銃射撃技術を競う実戦を想定した競技で、優秀賞受賞メンバーの一人が丹生。つまり、陸上自衛隊で十指に入る射撃の名手だったのである。

第一〇三分署では、組織犯罪対策畑たたき上げの風間と最高のコンビだったのだが〈犯罪特区〉の闇に呑みこまれてしまった。

「本来、風間はこの事案から外すべきなんだろうが、誰も引継ぎしたがらない。そして丹生の後任の立候補もいない」

危険な領域に踏み込むことが多い風間のパートナーは殉職率が高い。丹生は風間の三人目の相棒だった。

『風間と組んだら、命がいくつあっても足りない』

そう言って誰も彼女と組みたがらないのだ。例外は丹生だったのだが……。

風間が、発言を求めて手を挙げる。

第一〇三分署に着任してから、めっきり白髪が増えた青山がこめかみを揉む。

普通の警察署なら、風間のような現場の警察官は、幹部警察官の会議に飛び入りなど出来ないし、意見を割り込ませる事も出来ない。

凶悪犯罪の最前線である第一〇三分署は例外で、幹部職員は単なる事務方。最前線の警察官の方が立場が強い。それが、着任後一年経っても青山には慣れなかった。

「なんだ？」

飛谷署長が、風間に顎をしゃくる。

「丹生の後任は、小倉と阿仁がいいです」

直属の部下を失ったばかりの狐塚のいかにも官僚という地味な顔が、怒気に赤く膨れる。

「貴様！　亡くなった相棒を悼む気持ちはないのかっ！」

思わず狐塚が怒声を上げた。風間は無表情のままだ。顔の造作はいいので、表情をなくすとまるで精緻なマネキンのようになる。

「いや、残念に思ってますってば。でも、死んだら犯罪者をパクれないっすからね」

席を蹴って立とうとする狐塚の肩を、青山がやんわりと押さえる。

「死神女め」

そう呟いて、狐塚が浮かせた腰をソファに戻す。

風間は、斜め上の虚空を見たまま、無表情を保っていた。

「小倉、阿仁、両名は今の部署から外せない。君の希望は却下だ」

沈黙を保っていた三上副署長が口を開く。本来、副署長は署長の事務を補佐する幹部職員なのだが、人数的には小規模な第一〇三分署には、警察官を束ねる刑事官がいない。なので、三上副署長が兼任しているのだが、青山と同じく仕事はオーバーフロー気味だった。

着任当初は小太りで血色がよかった三上副署長の頬はこけ、幽鬼のように顔色は白くなっている。眼の下のクマばかりが目立つ。

「使えねぇ奴と組むと、また殉職しちゃうっすよ」

風間の言い方に絶句した三人をまぁまぁと慰め、飛谷署長が口を開く。

「言い方はアレだが、風間の言うことにも一理ある。だから、凄腕と組んでもらうぜ」

狐塚が嫌悪も露わに、風間の方を見もせず、一枚の書類を渡す。

守秘義務対象の人事記録だ。

風間は警視庁内で腕っぷしのいい奴をだいたい把握しているが、初めてみる名前だった。

「長野文四郎（ながのぶんしろう）？」

「アメリカ『アルコール・タバコ・火器及び爆発物取締局（ATF）』の民間協力者だよ。ガン・ショーで各地を廻りながらモーターサイクルギャングや、アポカリプスに備えて銃器で武装している過激なプレッパーたちの情報を送っていたらしい」

飛谷署長が補足説明したが、風間には殆ど情報が増えなかった。

ATFやモーターサイクルギャングはともかく、ガン・ショーとプレッパーが良く分からない。

「拳銃の早撃ちや曲芸撃ちを見世物に旅をする業態がある。長野氏はそこの拳銃使い（ガンスリンガー）の一人だった人物だよ」

風間が「はぁ」と気の抜けた返事をする。

「プレッパーは無政府主義者で、重武装して狭いコミュニティを形成する集団だ。カルトやテロの温床になる場合があるので、アメリカだと監視対象なんだ」

風間の興味がなさそうな態度に、狐塚は怒気をふくらませるが、飛谷署長は苦笑しただけだった。

「今日、その長野氏が射撃の指導員として着任する。潜入捜査の経験もあるし、銃の腕はアメリカでもトップクラスだ。君向きの男だぞ。彼と組むんだ」

ベリーショートの髪を風間ががりがりと掻いた。

「要するに『芸人』でしょうが。すぐにおっ死んじまいますぜ」

吐き捨てた風間の言葉に、飛谷以外の三人の視線が尖る。

こんな態度は本来なら今後の出世に障るが、第一〇三分署には『任期を勤め上げれば、懲戒等の経歴は白紙で一階級特進』という不文律がある。

そうでもしなければ人を集められないための措置だが、これによって幹部職員は単なる事務屋になってしまっているのだ。

「警官殺しは、100ポイントのスコアアップっすよね？　芸人のお守なんかしてる場合じゃねぇんすけど」

経歴をリセット出来るなら、着任してサボタージュすればいいと考える者が出てくる。

そこで考えられたのが『スコア制』だった。

凶悪犯に賞金が掛けられるのと同じで、稼いだポイントに応じて任期満了後の給与表の『級』と『号』が変換できる。つまり、出世できるのだ。

この制度のおかげで、野心的な警察官の志願が増え、サボタージュする警察官も減った。風間などは、野心的警察官の典型だ。

ただし、第一〇三分署全般的に手柄を自分のものにしようとする秘密主義傾向が高くなり、風通しが悪くなるという弊害も生じた。これも、風間が典型だった。

「このポイント亡者め！　署長の命令が聞けないのか！」

我慢しきれずに、狐塚が怒鳴る。風間は薄く笑っただけで、耳などをほじっていた。

「何者かわかんねぇ奴に背中を預けるのもねぇ。こっちは、命がけなんすよ。事務屋さんと違ってね」

怒鳴ろうと息を吸い込んだ狐塚が声を発するより早く、飛谷署長が笑った。

「事務屋か、ちげぇねぇ。だがよ、俺が組めといったら組め。嫌ならお前さんはクビだ」

「あ、それ、パワハラですぅ」

飛谷署長の恫喝におちゃらけて風間が応じる。

「パワハラだろうがセクハラだろうが、事務屋だってここを出れば消えるんだぜ」

今度はむっと風間が口を噤む。

「警察庁から、こっちに向かっているはずだ。新しい相棒を迎えに行って来い、風間結女巡査部長」

飛谷署長は、この戦場の最前線基地のような分署を任されているだけあって、胆が据わっていた。

風間は『ここを出れば全て不問』を盾に事務屋を脅してやりたいようにしてきたが、署長だけには通用しない。

舌打ちしながら風間が廊下を歩いていると、皆が道をあける。

「ガンスリンガーだと？　ざけんな！」

自分でも不思議なほど苛立っている。風間にはその自覚があった。

喉を裂かれ舌を引きずり出された丹生の第一発見者は風間だった。コロンビア式の処刑方式。公式記録では、コロンビアマフィアによって殺害されたとされている。

だが、違う。丹生が潜入していたのは、ベトナムマフィアだ。

丹生の穏やかな笑顔がふと脳裏に浮かんで、風間は慌ててかき消す。

丹生は、陸上自衛隊から警視庁に出向している人事交流要員だった。守秘義務対象の情報なので人事データには記載されていないが、訓練生として加わっていたアメリカのデルタフォースで、実戦経験もあったらしいことも摑んでいた。

防衛省は、警視庁の第一〇三分署に積極的な支援をしているが、これは今後国内外で起こるかもしれない『小規模な戦争』や『重武装テロ』の実戦データを収集するためで、丹生は選抜されてここに着任していた。

つまり、警察官であるが本質は自衛官であるので、第一〇三分署のスコアなどの仕組みに興味を示さない。加えて、実戦で銃が使える兵士であった。

ポイント稼ぎに執着し、凶悪犯罪捜査に精通した風間との相性は抜群で、かなりの好成績を残していた。

風間にとって、どうしてもつなぎとめておきたい人材で、褒美に肉体関係を持ってやっても惜しくなかった。

鍛え抜かれた丹生に組み伏せられて、メスを演じるのも嫌いではなかった。

「ああ、こん畜生」

思わず風間がつぶやく。

——そうか、私が丹生に惚れかけていたのか。

丹生を死なせてしまったのは、自分のミスだという自覚が風間にはある。だが、どこにミスがあったのか、わからない。

あたまのおかしい粗暴な小倉と阿仁の二人組と組みたがるのは、暴れたいからだと気づいた。

「ガン・ショーだと?」

むかっ腹が収まらないまま、風間は銃器薬物対策係のドアを乱暴に開けた。

※　※　※

ダラス・フォートワース国際空港から成田空港まで、ＪＡＬの直行便で約十三時間のフライトを終えた。

時差が十四時間近くあるので、疲労感がすごい。俺の隣に座った縦にも横にも大きな男の腋臭といびきがひどくて、一睡も出来なかったというのもある。そもそも飛行機が苦手というのもあるが。あと、足が臭い奴は靴を脱ぐなと言いたかった。

日本の土は初めて踏む。俺の外見はまるっきり日本人だが、生粋のアメリカ人だ。

印象は、清潔で静か。アメリカ各地を旅芸人の一員として廻ったが、土地には『匂い』ってものがあり、それが文化に結びついているものだ。

日本にはそれがない。無味無臭という印象だ。

俺を招聘した警察庁が手配していてくれた『スカイライナー』という特急列車に乗る。京成上野という駅で降り、ＪＲ山手線で渋谷へ。渋谷から地下鉄副都心線に乗り換える。

『東京の地下鉄は迷宮だ』

と脅されていたが、案内板を見ながら迷うことなく行けた。

それに、人々が親切だった。案内板を見ていると、「どこをお探しですか」と声をかけられることが多い。

もちろん、犯罪目的ではなく、田舎者を助けようとしているのだ。

『東京の人々は冷たい』はデマだったようだ。それに『空が無い』もデマらしい。梅雨明けの空は、きれいだった。

トランクを引きずって、桜田門で降りる。立哨している警察官がいたので、その建物に向かったが、そこは『警視庁』だったようだ。

「警察庁は、あちらの『中央合同庁舎2号館』ですよ」

と教えてくれた。アメリカの警察官と違って横柄な態度ではなく、やはり親切だった。

ただし、緊張感はない。道を尋ねるふりをした者にいきなり撃たれることなど、日本ではないのだから。

いかにもお役所といった風情の『中央合同庁舎2号館』ビルの前では、いかにもお役人といった見た目の、ダークスーツ、七三分けの髪、銀縁眼鏡の人物が、俺を見ていた。

このビルには、総務省など他の省庁も入っているが、勤務している男性職員は全員ノーネクタイだ。おそらく俺を出迎えている男性もノーネクタイになっている。

「長野さんですか？」

お役人風の男が話しかけてくる。

「はいそうです」

「お迎えにあがりました。警察庁組織犯罪対策部の六志と申します。日本に赴任中、私があなたの連絡係となります。お見知りおきください」

第二章

警察庁で、着任の辞令と警視庁への出向命令を拝受し、隣の警視庁で着任の辞令を受けた。

これで俺は、名前すら決まっていない警視庁管内の一番新しい警察署『第一〇三分署』の職員ということになった。

表向きは、アメリカの『アルコール・タバコ・火器及び爆発物取締局』と、第一〇三分署の刑事組織犯罪対策課銃器薬物対策係との人事交流ということになっている。

警察庁は、ほぼ治外法権の〈犯罪特区〉の内情を掌握したいと思っていて、警視庁はそうした介入を快く思っていない。

手に負えない重大犯罪多発地域を支援もなく押し付けられ、多くの殉職者を出したことで、警察庁と警視庁はギクシャクした関係らしい。

俺は、警察庁からは密偵としての動きを期待され、警視庁からはスパイとして色眼鏡で見られるという、着任前から頭の痛い状況になっていた。

事前に送られてきた資料の内容を脳内で改めて整理したかったので、警視庁からの警察車両での送迎は断った。猜疑（さいぎ）の目で見られ続けるのも、ストレスだ。

資料を反芻（はんすう）しながら歩く。日本の警察官は、銃器の扱いに関しては、世界の警察組織と比べると、圧倒的に実戦経験が少ない。それゆえの人事交流だ。

陸上自衛隊の射撃の名手も出向していたらしいが、殉職したそうだ。射殺され、口の中に一枚の金貨が押しこまれていたという。

これが、捜査機関に協力する代わりに情報提供を求めていた俺の人脈の網にかかった。アルコール・タバコ・火器及び爆発物取締局にたっぷり貸しを作っていたのは、

『射殺した人物の口に金貨を入れる』

という殺しのサインを残す人物『決闘者（デュエリスト）』という連続殺人犯を探すためだ。

もう、十二年もそいつを俺は追っていた。

その人物が、日本で発見されたというのが、今回の人事交流に応じた経緯となっている。

金貨を口に押し込まれた……ということは、殺害された警察官は評判通りの拳銃使い（ガンスリンガー）だったということだろう。

連続殺人犯『決闘者』は技量を認めた者にしか、金貨を与えない。

ポケットに手を突っ込む。指にコインが触れた。クルーガーランド一オンス金貨。

この金貨を、被害者の口に押し込むのは『決闘者』にとって、何か意味がある行動なのだろう。

俺の口の中に、金属を噛みしめた不快感が蘇る。

癒えたはずの掌の傷が、幻の痛みを俺に送ってきた。拳を固く握る。深呼吸をした。怒りのコントロールは、数年かけてようやく習得した技能だった。

「それにしても……」

東京の蒸し暑さは、殺人的だ。公共交通機関での移動中はまったく気にならなかったが、歩いていると汗が噴き出た。

しかも、大きな旅行用トランクを引きずって歩くなど苦行でしかない。

タクシーは、何度交渉しても歌舞伎座までしか行ってくれなかった。勝鬨橋まで一キロメートルあまり。勝鬨橋から更に一キロメートル歩かないと第一〇三分署にはたどり着けない。

たくたくと汗を流しながら歩く。銀座の華やかな雰囲気から街は様相を変え、荒廃してゆく。

既視感があるなぁと思ったら、ミシガン州デトロイトに似ている事に気付いた。

かつての繁栄の痕跡は、高いビルや広い道路に感じる事が出来るが、シャッターで閉ざされて商店はどこも営業しておらず、落書きや破壊された建物が目立つところが、デトロイトにそっくりだった。

人影はまばらで、明らかに麻薬をやっていると思われる中毒者（ジャンキー）が、カニのようにぷくぷくと口から泡を吹いて、見えない誰かとしゃべっているばかり。ここは、安全な都市と評判の高い東京なのだろうかと目を疑う。

なるほど、タクシーは近づかないわけだ。警視庁の人事担当が警察車両での送迎を強く勧めてきた理由も理解した。

勝鬨橋が近づいてくると更に人は減り、廃墟感が増してくる。

道路は封鎖されていて、勝鬨橋には『この先立ち入り禁止』の立札が立っていた。

アスファルトの隙間（すきま）から、雑草が生えてむっとする湿った海風に揺れている。

もはやこれまでと、道端にトランクを置いてそこに座り、第一〇三分署をコールし、俺と組む事になる風間結女に繋（つな）いでもらう。

タクシーとのトラブルで、第一〇三分署到着が、一時間以上遅れている。その報告もしなければならない。

『てめぇ、いつまで待たせんだ、この野郎！』

携帯電話の音声がひずむほどの大声で、いきなり怒鳴られる。

「ええと、風間結女さんですか？　私は本日着任予定の長野文四郎です」

まだ何か大声で怒鳴っているので、携帯電話から耳を離して相手が落ち着くのを待つ。

こういう時は、言いかえしてはダメだ。

「急遽出向が決まったので、リサーチ不足だったのは、俺のミスです。お詫びします。まさか、公共交通機関が全て迂回しているとは思わなかったもので」

第一〇三分署があるエリアは、かつて都バスと地下鉄大江戸線、有楽町線が走っていて、都道３０４号線、４０４号線といった、東京の湾岸を走る幹線道路も通る、交通の要だった。

それが、今では鉄条網とコンクリートの車止めで封鎖されているとは、想像出来ていなかった。

『今どこにいるんだよ。ここは、東京だぞ？　めんどくせぇけど、迎えに行ってやんよ』

ひとしきり怒鳴って気が収まったのか、ややトーンを落として風間が言う。

「感謝します。今は、勝鬨橋のたもとです」

『え……』

風間が絶句する。

『あんた、ハジキもっているんだろうな？』

たしか、日本では拳銃の事を隠語で〈ハジキ〉というのだったか。

「いえ、所持してないですよ」

舌打ちが聞こえた。

『くそが。〈犯罪特区〉なめてんのか？　そこはもう、安全じゃねぇ』

どうやら俺は安全地帯と危険地帯の境目に入ってしまったようだ。旅行用の大きなトランクを抱えているなど、鴨が葱を背負って歩いているようなものか。

『いいか、田舎者。歌舞伎座方面に戻るんだ。誰かに話しかけられても、足を止めるんじゃねぇぞ』

そう言い捨てて、風間が一方的に通話を切る。来た道をまた戻るのは気が進まないが、行くしかなさそうだ。それに、どうも誰かに見られている気配がする。

やや早足で歩く。俺の行く手を三人の男が塞ぐのが見えた。手にはなんと日本刀を持っている。最高に面倒くさい状況になってしまった。

※　※　※

「くそっ！　くそ！」

ハンドルを叩きながら、風間はアクセルを踏んだ。

エンジンのうなりをあげて疾走しているのは、防弾処理されたダットサントラックで、彼女の警察車両だった。荷台には熊捕獲用の檻が溶接されていて、一度に大量の検挙者が出る風間用に改造された一台だった。

「おい、馬鹿！　単独行動は規程違反だぞ、風間ぁ！」

配車担当の総務課の職員の怒鳴り声を無視して、クラクションを鳴らしながら駐車場から走り出る。

緊急車両のパトライトを作動させるスイッチを押したが、第一〇三分署管内には一般車両も市民の姿もない。

「スコア減点とか冗談じゃねぇ」

飛谷署長に押し切られて、風間は『アルコール・タバコ・火器及び爆発物取締局』からの出向者と組むことを了承した。

危険な現場に連れて行って、大怪我させれば自動的にパートナー交代になるだろうと高を括(くく)っていたが、

「人事交流の相手を故意に怪我させたり、死なせたりしたら大きな減点を覚悟しろ」

と言われてしまったのだ。風間のスコア至上主義を飛谷署長に利用された形だ。

面倒くさいので彼女は送迎を拒否していたが、新しいパートナーがのこのこと危険地帯に接近していることがわかり、そうも言っていられなくなってしまった。

「なんで、警視庁本庁の送迎を拒否したんだ、あのボケ」

日比谷豊洲(ひびやとよす)埠頭東雲町(しののめちょう)線――いわゆる都道３０４号線――を、猛スピードで風間のダットサントラックが走る。

アスファルトを買い取る業者があり、路面を剝がして盗掘する者がいる。それで路面は穴だらけになり荒れ果てていた。

リフトアップして車高を高くし、軍用のノーパンクタイヤで荒地走破性能を付与したダットサントラックは、その穴で何度も危険なほどバウンドしたが、風間は慣れたものだった。

コンクリート製の車止めの唯一の隙間を走り抜ける。

風間が見たのは、十数人に囲まれる大きな旅行トランクを抱えたスーツ姿の男の姿だった。

『警告します。警告します。現在、捜査車両402号車は〈犯罪特区〉範囲から離れています。特別措置法第十九条、及び第六十九条に抵触しています』

風間のダットサントラック内にAIによる警告と同時に警報が鳴る。

「あぁ！　うっさい！　うっさい！　規程違反より、あの馬鹿死なす方が減点大きいんだよ！　飛谷の野郎、姑息な！」

長野と長野を囲んでいた連中がぎょっとなって、暴走しているダットサントラックを見る。

そして、蜘蛛の子を散らすように逃げ出した。長野らしきスーツの男もトランクを抱えて逃げていた。

ダットサントラックがドンと一人を跳ね飛ばす。壊れたおもちゃのように吹っ飛んだ男に巻き込まれて長野が転倒する。

風間がショルダーホルスターから抜いたのは、コルト・ダイヤモンドバックだった。窓から突き出してバンバンと撃つ。まるで、無法者だ。

必死になって、長野を襲っていた男どもが逃げてゆく。残ったのは風間に轢かれた一人と長野だけだった。

ダットサントラックから、風間が降りる。轢かれた男は気を失ったか、ピクリとも動かず、長野はその男の下敷きになってもがいていた。

ダイヤモンドバックを構えたまま、風間が男を蹴りどかす。

長野は両手を挙げて降参のポーズをとっていた。

「あんたが、長野？」

銃をポイントしたまま、風間がいう。

「そうです。君が風間さん？」

そう長野が答えても、風間は銃を構えたままだ。返事もしない。

「身分証を見せな。ゆっくりと。急に動いたら撃つ」

本気であることを示すため、風間がトリガーに指をかけたまま撃鉄を上げる。

「わかった。スーツの前を開ける。いいね？」

長野がスーツの前ボタンを外す。前裾を指でつまんで、長野が内ポケットを露呈させた。「武器を持っていない」という証明だった。

露呈した内ポケットから支給されたばかりの身分証を取り出す。日本の警察の習慣で紛失防止の紐がついていて、内ポケットのボタンに括り付けてある。

「紐を外して地面に置け。こっちに滑らせろ」

風間は銃口を長野に向けたまま、足元に滑ってきた身分証を拾い上げる。

それを胸のボディカムにかざした。第一〇三分署の警察官は、無線機の代わりに各種スキャナーを兼ねたボディカムを着用している。

「管制（コントロール）、鑑定」

風間の耳につけたイヤホンに、ＡＩの合成音声の『本物です』という一言が聞こえた。

やっと銃口を上に向け、撃鉄も戻す。そしてダイヤモンドバックを革ジャンの下のショルダーホルスターに納めた。

「悪く思うな。被害者のフリした奴に撃たれて死んだ奴がいたんだ」

長野が肩をすくめる。

「助かったよ」

風間は不機嫌そうに運転席に座っただけだった。

仕方なしに長野が助手席の食べかけのジャンクフードの包装紙や、紙コップを床に落として着座する。

「シートベルトしろよ。これ以上の減点は勘弁してくれ……だ」

「あれ、どうするんだ？　けっこうな重傷だよ？」

地面に伸びている男を指差して長野が言う。

返ってきたのは風間の舌打ちだった。

「こいつらは『スカベンジャー』っていう、〈犯罪特区〉に入れない半端な犯罪者だ。特区内の犯罪者より、一般市民に迷惑かける手合いだぜ。怪我しようがくたばろうが、知ったことかよ」

ダッシュボードに置いてあるマルボロを咥えて、銀色のジッポーで火を点けながら、風間が吐き捨てる。

「聞きしにまさるな」

長野が呟いた。

※　※　※

俺と組むことになる風間が、吸殻で一杯になった灰皿に無理やり一本吸いさしのマルボロを押し込みながら、

「ついたぜ、ケツあげろ、クソ野郎」

と、乱暴な言葉を吐いてきた。親切で礼儀正しいことで有名なのが日本の警察官だぞ？

本当にここは日本なのかと、耳を疑う。

鉄条網といい、コンクリートのバリケードといい、装甲車といい、まるでどこかの戦場の最前線基地のようだった。

事前に渡された資料を読んでいたが、現物を目の当たりにすると衝撃的だ。

野戦司令部のような、第一〇三分署の中を、風間のあとについて歩く。

俺の相棒になる人物は、ずっと怒っていて話しかけにくい。とっつきやすい人物でもなさそうだが。

無言のまま案内されたのは、署長室だった。

風間は壁に寄りかかり、俺に顎をしゃくる。行って来いということらしい。

俺はドアをノックして、訪(おとな)いを告げる。

「入れ」というしわがれた声が聞こえた。

「失礼します」と一言断ってドアノブをひねる。

内部は古ぼけて罅(ひび)が入った黒いフェイクレザーのソファと、いかにも事務机といった灰色のスチールの机、壁はコンクリート打ちっぱなし。床は安もののパンチカーペットだった。

警視庁や警察庁の贅沢な造りとは全くの別物である。

「殺風景だろ？　ここは最前線だからな」

苦笑を浮かべた小柄な人物が、この要塞のような警察署を率いる飛谷署長だった。

「あ、いえ、じろじろ見てすいません」

頭を掻く。こうした気弱な人物を演じるのが無難だと、俺は経験上知っていた。旅芸人は転校続きだから。

「この警察署は、仕組みが特殊だ。よく規程を読んでおいてくれ。宿舎に置いてある」

「はい」

風間と違って、この人物はまともそうなので罪悪感があるが、俺は第一〇三分署の命運に興味はない。『決闘者』の痕跡を追いたいだけだ。

「捜査官として風間と組んでもらうが、拳銃の術科の指導員としてもご活躍願いたい」

飛谷署長の言葉に、

「かしこまりました。鋭意努力いたします」

と、無難な返事をしておく。飛谷署長の眼が細められた。どうも俺の肚の内を見透かされている気がするが、このあたりはお互い化かし合いだ。

廊下に出ると、風間がまだ待っていた。

「宿舎に案内しろって言われてんだよ。ついてこい」

第一〇三分署は〈犯罪特区〉外からの通勤途中で狙撃される事案や家族が人質にとられる事案が相次いでいた。

そのあたりは、アル・カポネとエリオット・ネスが戦ったのと状況は似ているかもしれない。

尾行されて自宅を探られることを避けるために、第一〇三分署はいわゆる『全寮制』になった。

エリアの治安悪化と首都圏直下型地震による躯体の強度不安のために、旧・月島警察署に隣接していたマンションの住民が大量に退去し、それを警視庁が買い取った形だった。

マンションの一階には『OK』というスーパーマーケットと、歯科、内科、外科の医療施設があり、第一〇三分署の庇護の下、最も危険なエリアで命がけの治安維持活動を行っている警察官の生活を支えていた。

俺は七階の九号室という角部屋だった。躯体構造の不安や、電気、ガス、水道のライフラインの損傷、故障しがちなエレベーターの影響で、この『寮』では上層階ほど価値が低いらしい。七階なら優遇されている方かもしれない。

部屋は壁紙がオフホワイト、床や扉がオークを模した木目で統一された部屋は2LDK。家具類は全部揃っている。最低限の食器類もあるようだ。

六畳ほどの寝室にはライティングビューローが置いてあり、アメリカから発送された木箱が置いてあった。

特別便で警察庁に送った俺の銃がこの箱に入っている。

箱の中身は『コルト・シングルアクションアーミー』。

西部劇に登場する有名なリヴォルバーだが、実は今でも愛好家の間では現役で使われている。

父から譲り受けた俺のガン・ショーでの相棒でもある。45口径のゴッさ。ロクな工業技術も無い時代に作られた、芸術品のような銃だった。

独特な湾曲したグリップは白木を使っていて、手垢や硝煙で汚れるのを毎日磨くのは、ガキの頃の俺の役割だった。

そのグリップには小さな金のコインがはめ込まれている。そのコインには、伝統の暴れ馬の彫刻。コルト社のエンブレムだ。

風間が使っていたダイヤモンドバックの遠い祖先とでも言おうか。

同包されていたのは、使い込まれた革製のヒップホルスター。これも、俺が父親から譲り受けたものだ。

ライティングビューローにその二つを置く。

ガン・ショー一座でヒーローだった父の遺品。最も早く、最も正確に拳銃を撃てる最強の男だとガキの頃俺はそう思っていた。

尊敬していたのだ。『エル・サムライ』は、観客にとってのヒーローである以上に、俺のヒーローでもあった。

父を思い出すと、掌に幻の痛みが走る。

俺が必死に掴む鉄条網につながった木箱から、両手両足を撃ち抜かれた父の顔がのぞいている映像が脳裏に浮かぶ。

「引き上げれば、助ける」

あの運命の日、そういわれて俺は、掌の肉を鉄条網で裂きながら瀕死の父を支えていた。

「もういい」

失血で蒼白(そうはく)になった父が、諦めたような顔でそういったのを覚えている。

「嫌だ」

俺はそう答えた。突き出た滑車でつながった木箱の下は、百メートル近い断崖だった。

手を離せば父は死ぬ。そういう状況だった。

「あんたの親父が悪いんだぜ。『決闘』を拒否しやがるから」

犯人はわかっている。頭のおかしい連続殺人鬼『決闘者』だ。

ポケットの上から金貨を指でなぞる。

俺は、『決闘者』を追ってきた。モーターサイクルギャングへの潜入捜査も、この戦場みたいな第一〇三分署への赴任も、彼奴の心臓に弾丸を撃ち込むため。

仇に至る長い長い道程だ。

※　※　※

「気に入らねェ」

風間がアルコールが9%もあるウオッカベースのカクテルが入ったロング缶を一気に飲み干し、ぐしゃりと握り潰した。もう三本目だった。

「しょうがねぇだろうが。飛谷にお守押し付けられたんだからよ」

同じものを飲みながら、小倉が風間を慰める。酒に弱い阿仁は、テーブルに突っ伏して寝ている。

「わざと危険地帯に行かせるってのも出来ないんじゃ、どうやって追い出すんだ?」

風間も小倉も阿仁も、少しでも多くスコアを稼ぎたいと思っていた。

そのためには、風間が追っている『警察官殺し』を検挙したいのだ。

危険な相手なのは、わかっている。

だからこそ、風間は信頼できる相手と組みたいと、思っていた。

彼女にとって、自衛隊からの出向者である丹生は理想的なパートナーだった。自衛隊との人事交流は、『市街戦における小火器の運用』の実証実験の側面があり、犯罪者の検挙にはそれほど興味がない。日本の警察官と違って銃火器の扱いも、訓練だけはたっぷり受けている。小倉や阿仁は例外だ。

丹生と風間は、お互い利用できる関係だった。

「長野とかいう野郎は、アルコール・タバコ・火器及び爆発物取締局の協力者だろ？　ひょっとしたら、自衛隊より腕がいいかもよ、結女っち」

阿仁が突っ伏したまま、もつれる舌でいう。

風間は勝鬨橋のたもとで救出した時の事を思い出していた。

そういえば、長野は十数人の凶悪な犯罪者に囲まれていながら、たいして動揺していなかった。

「わかんねぇけど、なんか気に入らねェんだよ」

それは、興味をもってしまったからではないか？　と、小倉は思ったが、口には出さないでおいた。風間がヘソを曲げると面倒くさい。

「そんじゃよ、俺らがテストしてやっか？　長野って野郎は指導員も兼ねてんだろ？　訓練中の事故なら、手足へし折ってもスコアに影響なかんべ」

小倉は、術科の柔道で三段の猛者だった。

「俺のスピアータックル見せちゃる」

阿仁は、警視庁のラグビーチームの一員で、日本代表にも選ばれた屈強なフォワードだ。スピアータックルは、相手を持ち上げてぶん投げるような危険なタックルで競技では反則だが、格闘でなら阿仁の体格を生かせる技だ。

「いいね、それでいこう」

風間が、四本目のロング缶のプルタブを開けた。

小倉の缶と打ち合わせて、一気に呷る。

※　※　※

時差ボケを解消するには、徹夜をするのがいい。

俺は、SAAの分解掃除をして、ピカピカに磨き上げることで時間を潰していた。

分解掃除が終わったらダミーカートを使って、リロードの反復練習をする。

輪胴を横に振り出して、装填する現代のリボルバーと違って、西部開拓期に使われていたこの無骨な銃は輪胴がフレームに固定されている。

装填は、撃鉄を半分上げた状態――ハーフコック――にして、輪胴の後部にある弾が転げ落ちないようにする蓋――ローディングゲート――を開けて一発ずつ装填しなければならない。

スピードローダーを使って一瞬で装塡できる現代のリボルバーとは、そこが大きく異なる。

発射する機構も大きく異っており、引金を引けば撃鉄が持ち上がって雷管を叩くダブルアクションと違って、撃鉄をいちいち起こすシングルアクションという機構だった。

昔の工業技術で.45ロングコルト弾という強力な弾丸を発射するため、堅牢(けんろう)でなければならないがゆえの構造だった。

ガン・ショーではお馴染(なじ)みの銃だが、日本の法執行機関ではこんな銃の所持は許可されていない。

警察法第六十七条及び警察官職務執行法第七条で武器使用が認められているが、〈犯罪特区〉では、附則によって拡大解釈され比較的自由に武器を使用する事が出来た。

防衛省が警視庁に、人材や銃火器や装甲車などの戦闘車両を提供するなど協力的なのは、現在の紛争の形『小さな戦争』の実践データを収集するためで、政府でも黙認されているらしい。

なので、SAAのような銃でも、驚かれはしたが所持に許可が下りた。日本の警察では一般的ではない弾丸.45ロングコルト弾も取寄せることが出来た。

風間が使ったダイヤモンドバックは.38スペシャル弾を使用する。警察の制式拳銃と共有できるので、自由に拳銃を選ぶことが出来るとはいえ、そうした日本でも調達しやすい弾種を選ぶものは多い。

父の遺品のガン・ベルトを巻き、ホルスターのポジションの調整をする。

ガン・ショーの花形スター『エル・サムライ』のポジションは独特で、ベルトのバックルに近い位置になる。俺が訓練したのも、同じポジションだ。

標的に対してほぼ真横を向くスタンスも変則的だ。

左肩を標的に突き出すように構え、バックルに近いホルスターから、ＳＡＡを捻(ひね)りながら抜く。『エル・サムライ』の抜き撃ち(クイックドロウ)のスタイル『イアイ』だった。抜刀術の『居合』からのネーミングである。

これが、速かった。ガン・ショー界最速の男『閃光(フラッシュ)』ことビル・マンダムとの擬似決闘は、未だにその動画が世界中で再生されていた。

俺は、くるくるとＳＡＡを指で回す『ガンスピン』や、放り投げて空中で掴み取る曲芸撃ちの練習はしなかったが『イアイ』だけは、父の最盛期に近いところまで練り上げている。まさか、日本で使うことになるとは思わなかったが……。

窓のブラインドが仄(ほの)かに明るくなってきている。

夜が明けたらしい。狙撃されないよう、ブラインドは全開にしないように指示されているので、指で一ヵ所を折る様にして外の景色を見る。

カジノを併設したホテルになるはずだった海岸沿いの廃墟群の背後に東京湾が広がっていて、朝日にキラキラと輝いていた。

あの一帯が、ブラジルのファベーラよりも危険な地域であるのが、信じられない光景だった。

「あの街のどこかに『決闘者』がいる」

雲をつかむような捜査だったが、やっと射程圏内に捉えることが出来た。

トロリと眠気が来たが、我慢する。ここで寝てしまうと、時差ボケは治らない。

今日は、第一〇三分署の刑事組織犯罪対策課銃器薬物対策係に着任の挨拶(あいさつ)と、指導教官を務めるシューティングレンジの確認を行わなければならない。

そして、金貨を口に押し込まれて死んだ丹生という警察官の資料の精査も重要な仕事になる。

日本の警察官とは思えない風間の態度を思い出し、そういえば彼女がパートナーになることを思い出す。

彼女は日本人女性にしてはかなりの長身で、俺と同じ百七十五センチ以上の上背があった。

髪はベリーショートで、化粧気はない。分署内では、黒縁の野暮ったい眼鏡をかけていたが、多分伊達(だて)眼鏡だ。鳥獣保護のレンジャーを思わせる荷台が檻になっているダットサントラックを運転している時は、眼鏡をかけていなかった。

引き締まった身体をしていて、トップモデルでも通用する感じだが、粗暴な態度が全てを台無しにしていた。

風間の経歴を記憶の中から掬う。五年で任期満了の第一〇三分署にもう六年も滞在している物好きだ。

通常は最低限の任期を勤め上げ、不文律である経歴の白紙化を果たして出てゆく。任期中、スコアを上げた優秀な警察官には階級を上げたポストが用意されている。警察官にとって階級は、退職金や年金に影響する大事な要素だ。日本では異様すぎる殉職率であるこの分署に留まるメリットは少ない。だが、風間はここに留任し続け、貪欲にスコアを稼ごうとしていた。つまり、何か目的があるのだ。経歴にも、何か不正をやった痕跡はない。現在は組織犯罪を対策する部署だが、着任前は交通課の真面目な女性警察官だった。

「面倒くさい」

思わず声に出た。肩に力が入った人物は苦手だ。風間の隠された目的にも興味が湧かなかった。

ろくに拳銃を撃ったこともない、警察官たちに指導することが期待されているが、それもやる気はない。

丹生という、陸上自衛隊からの出向者の足取りを追いたいだけだ。

俺の受け入れ先になった警察庁刑事局組織犯罪対策部の意図にも興味はない。

俺の受け入れの担当官である薬物銃器対策課長松林勝也（まつばやしかつや）警視長が、言いにくそうに、

「第一〇三分署の内情を報告してほしい」

と申し出たが、〈犯罪特区〉成立に係る警察庁と警視庁のイザコザなど、俺の知った事ではない。愛想よく、

「お任せください」

と請け負ったが、これはアルコール・タバコ・火器及び爆発物取締局の顔を立てたのと、警察庁からの『決闘者』の情報が欲しいからだ。

過去何人か警視庁内の警察庁協力者を第一〇三分署に潜入させた経緯があったようだが、全員殉職してしまっている。

今は、最前線に出ない警務課会計係に一名内部監査チームの生き残りがいる状態なのだそうだ。

俺は、その人物からの接触を待つことになっている。

キッチンでコーヒーを淹（い）れて、丹生に関する資料に目を通す。

風間・丹生組が追っていたのは、コロンビアルートの麻薬と銃器の密輸であったことがわかる。

売りさばくのはベトナムマフィアで、丹生が潜入していたのはそこだ。

コロンビアマフィアの日本支部は、けっこうな老舗（しにせ）で指揮官（コマンダンテ）は日本の事情通だ。

もともとは『カリ・カルテル』という誘拐ビジネスとコカインの空輸で大きくのし上がった組織だが、内部抗争や当局の締め付けにより小規模に細分化され、より巧妙に地下に潜ったという経緯だった。これら小規模な組織を『カルテリト』と呼称する。

アメリカでも、追跡されていた組織群だが、分裂した細胞の一つが日本にまで来ていたことに驚きがあった。指揮官の名前を冠して『ホセ・カルテリト』というらしい。

日本の麻薬市場は独特で、コカインより覚醒剤が売れる傾向があり、日本事情通のホセは、銃器の密輸に舵（かじ）を切ったことが資料から読み取れた。

ヤクザに食い込んだ既得権益者は銃密造組織を抱えるフィリピンマフィアで、当然そこに軋轢（あつれき）が発生する。

各国の犯罪組織がひしめく〈犯罪特区〉は、こうした世界の縮図だ。

フィリピン・コロンビア間での抗争が激化しているのが、その証拠である。

どちらかの組織が、大枚をはたいて『決闘者』を雇ったのだろう。

第三章

第一〇三分署に隣接する宿舎には、各部屋にキッチンがついているが、自炊をする者はあまりいないようだ。

月島警察署の時代、講堂として使われていた広いスペースが食堂になっていて、ほぼ二十四時間営業している。そこで食事を済ます署員が多い。

まるで軍施設の雰囲気だが、ある意味正しい。ここは戦場だ。

食堂で黙々と箸(はし)を動かしている警察官が、全員当たり前のように、拳銃を携行しているのも、日本では不思議な光景だった。

制式拳銃以外の携行が珍しくないとはいえ、さすがにガンベルトにＳＡＡは目立つ。

中には失笑する警察官もいて、まぁ、気持ちは分からないでもない。

俺は、朝食に納豆(なっとう)と味噌汁と焼き鮭(じゃけ)の定食を頼んだ。

俺はアメリカ生まれアメリカ育ちの日系人なのだが、ＤＮＡに刻まれているのか納豆が大好きだ。それに、無心でかき回すのが楽しい。

納豆をかき回している俺の席の真向かいに、男が座った。

青白い顔をしたひょろりと痩せた男だった。

「山崎進です」

殆ど唇を動かさずに、ぼそっと呟く。こういう喋り方をするやつは、洋の東西をとわず『密偵』だ。山崎は警察庁の協力者だった。

「あ、ども、長野です」

納豆をかき回す手を止めずに、俺もぼそっと返す。日本人がよく使う『曖昧な返事』は実に便利だ。

「風間の私物のスマホに、これ仕掛けて下さい」

USBメモリがテーブルに置かれ、そのまま殆ど手を付けていないかけ蕎麦を手に山崎が席を立った。

俺は、茶碗を取り上げるついでに、USBを手に握りこむ。警察庁への協力は、俺が追う連続殺人犯の情報提供の条件だった。

朝食を終え、売店で使い捨ての歯ブラシを買い、トイレで歯磨きをする。納豆は美味いが臭いに問題がある。

時計を見ると、職場になる銃器薬物対策係のオフィスに行く時間だった。

警察署は公共施設ではあるが、第一〇三分署には館内案内板はない。

どこに何があるかわかってしまうと、襲撃のリスクがあるからだ。場所も定期的に変えているらしい。

これは、危険地帯にある外国の警察署と同じ仕組みだ。

扉が同じ造りで、ごついスチール製なのも、襲撃された時にバリケードとして利用する前提だった。爆破されたり、壁抜きされないように、おそらく壁面には鋼板がし込んであるだろう。

コンクリート打ちっぱなしの床と廊下になぜかスカイブルーに塗装された鉄扉があり、そこが俺の職場である『銃器薬物対策係』だった。

プレートがないので、いまいち不安だったがドアノブを捻る。

内部は、十メートル四方ほどのガランとした部屋になっている。コンクリートむきだしの工事途中の様な内装で、いかにもどこかからかき集めましたというような、バラバラの規格のスチール製の事務机が八個部屋の中央に集められている。

部屋の片隅に追いやられるようにしてやや大きめの机があり、腰の高さのパーティションで囲われていた。係長の狐塚警部補の席だろう。

通常は窓を背に係長の席が配置されるのだろうが、外から狙撃されないよう、壁際に配置されている。

ここ〈犯罪特区〉では、組織犯罪を対策する部署は恨みを買いやすい。ブラインドも開けることはない。

　遮光ブラインドのせいで薄暗い部屋には若い警察官がひとりいて、花瓶が置かれて花が活けてある机をぼんやりと見ていた。

「おはようございます」

　俺が声をかけると、のろのろとこっちに頭をめぐらせた。頬はこけ、目はうつろで、その男はまるで幽霊のようだった。

「あ、すいません。花瓶片付けます。丹生さんの……」

　若い警察官が絶句する。言葉が出て来なくなったようだ。花が置かれていたのは、殉職した丹生の席なのだろう。そこが俺の席になるらしい。

　見れば花瓶を持つ若い男の手が小刻みに震えていた。頭の中で、人事データをおさらいする。人相はすっかり変わっているが、この部屋の最年少の田口博一巡査だと気付く。ＰＴＳＤで毀れる寸前なのだと見て分かった。たしか、着任早々銃撃戦に巻き込まれて重傷を負ったと、人事資料には書いてあった。

　今は、署の外に出る事を拒否して、内勤みたいな扱いになっているらしい。

　田口は俺に部屋の備品の場所などを説明しようとしていたが、言葉が出てこない。

「ガンロッカーと弾薬保管庫の場所だけ、指差してください」

　銃の使用頻度が高い第一〇三分署では銃器の管理を警務課で行わず、各部屋で管理する仕組みだった。

机に貼り付けてあった鍵を持参のキーホルダーに付け、背広のポケットに入れる。

俺の面倒を見なくてよくなったので、田口は安心したように席に着いた。

しばらくして狐塚係長が出勤してきた。田口を無視して俺に「おはよう」とだけ言って、自分の席に着く。

机からノートPCを出して、さっそく仕事を始めている。日本の役人は実に勤勉だ。

当直を田口に押し付けて仮眠室でぐっすり眠っていた、田口の相棒の池上満之巡査部長が欠伸をしながら部屋に入ってくる。俺のことはチラッと見たが、無視することにしたらしい。小太りで色白。頬がほんのりピンクで、ゲイにモテそうな男だ。

咥えタバコで入ってきたのは、芦田寿和巡査部長と安藤幸治巡査部長。着任四年目のベテランで、知能犯捜査係と協同してSNSを使った麻薬販売のルートを探っているらしい。

いかにも二日酔いという様相で入ってきたのは、風間と小倉と阿仁だ。

これで銃器薬物対策係が全員そろったわけだ。

「聞け。丹生の後任で長野文四郎巡査部長が着任した。アメリカのアルコール・タバコ・火器及び爆発物取締局のコンサルタントで、銃器と近接戦闘のエキスパートでもある。指導官も兼任しているので本式の戦闘術を教えてもらえ」

狐塚の着任の紹介はこれだけだった。

小刻みに震えている田口以外、だれも聞いている素振りを見せなかったが、反感を買ったのだけはわかった。狐塚の紹介の仕方には悪意がある。

「カウボーイ。俺にチャカの撃ち方を教えてくれよ」

銃器薬物対策係で、突入や強制執行を担当する機動班の小倉孝明(たかあき)巡査部長だった。

機動班の捜査車両は陸上自衛隊から供与された装甲車で、危険地帯の深部まで入り込むのが役目だ。

短髪でがっしりした体格。機動隊のような出動服を着ている。耳は潰れてカリフラワーのようになっていて、おそらく柔道かレスリング経験者だとわかった。

眉が薄く細い。三白眼と相まって、警察官というよりは兵士のような男だった。

「牛は飼ったことはないが、申込みしてくれれば指導するよ。俺の役割だからな」

日本では信じられないことに、机に足を乗せてタバコに火をつけたもう一人の出動服の男がげらげらと笑う。

「面白れぇ。ご指導賜ろうじゃねぇか」

小倉の相棒、阿仁武佐(たけすけ)巡査だった。日本人離れした長身で筋骨隆々。大学ではラグビーのフォワードの選手だったらしい。

小倉は公金に手を出し、阿仁は暴行事件を起こしている。その経歴を消すために〈犯罪特区〉に来た手合いだ。

風間は表情を隠して退屈そうに爪をいじっていた。

ああ、なるほどね。『洗礼』ってやつだ。ガキの頃から流れ歩いて転校続きだったので、こうした扱いには慣れている。

「お前ら、仲よくしろよ」

狐塚がこっちの方を見ることなく、いかにも形式上といった口調で言う。問題発生時に、口頭で注意しましたという言い訳をするためだ。

※　※　※

俺の第二の職場になる射撃訓練場は分署の地下にあった。

もともとは捜査車両の駐車場だったそうだが、装甲車などが多くなったので、地上に平置きの駐車場を新設してここはお役御免になったらしい。

かなり広大なスペースで、事務所代わりに工事現場で見かけるようなコンテナ型のプレハブが片隅にポツンと置いてあった。

コンクリートの壁で囲まれた二十五メートルのシューティングレンジ。格闘用のリングと、サンドバッグなどの設備がある一角。

屋内模擬戦が出来る積層材で、屋内を再現するスペースがこの場所の大半を占めている。

危険な犯罪現場に突入をシミュレーションする際に使われるようだが、今はガランとした空間になっている。

俺の後に、風間、小倉、阿仁が続いていた。

まず向かったのは、事務所代わりのプレハブだった。

予(あらかじ)め注文していた備品が届いているかどうか、確認しなければならない。

「個室待遇かよ。相棒であるあたしも使っていいんだろうな? 昼寝によさそうだ」

真新しいプレハブの内部を見ながら、風間が言う。

「構わんが、多分ここはうるさくなるぞ。それに硝煙臭くなる」

換気がどうなっているのか、舞台装置用のロスコを焚(た)いて実験してみなければならないと、脳内にメモをする。

試し撃ち出来る銃を納めるガンロッカー。各種銃弾を保管する金庫とその中身を確認する。

ゴム弾頭で火薬の量を減らしたシミュレーション用の弾丸も用意されていた。

そこから.45ロングコルト弾を二発、9ミリパラベラム弾を六発と9ミリ拳銃用のマガジンを二本取り出し、使用簿にチェックを入れた。

三人を無視して淡々と確認作業をしている俺の態度に、小倉は苛立ちを見せている。阿仁は、サンドバッグを叩いていた。風間は勝手にベンチに座って大あくびをしている。

「あんたらは俺を試したい。わかるよ。命がけだからね。だから、まずはやろう」

三発の9ミリパラベラム弾の弱装ゴム弾とマガジンを小倉に差しだす。小倉と阿仁は、陸上自衛隊から供与された『9ミリ拳銃』を装備しているのを、人事資料を読んで知っていた。

「これは、阿仁君の分」

テーブルの上に残り三発とマガジンを置く。

俺はホルスターからSAAを抜いて撃鉄を半分起こし、ローディングゲートを開けた。シリンダーを回しながら、一発ずつ銃弾を抜いてゆく。

「そんな骨董品、使えんのかよ」

阿仁がヘラヘラ笑いながら、ヒップホルスターから9ミリ拳銃を抜き、マガジンを引っこ抜く。

手慣れた様子で空(から)のマガジンにゴム弾を装塡していた。

俺も二発のゴム弾をSAAのシリンダーに装塡し、指でカチカチカチとシリンダーを回して次に撃鉄を起こせば、装塡された弾の雷管を叩く位置に調整する。

そのうえで、撃鉄をそっと戻した。

「これが、手に馴染んでいるからね。武器使用についての許可は得ている」

父の遺品であるこの銃で、父から教わった『イアイ』で、俺は相手を殺さなければならないが、そんな説明を彼らにする必要などない。

「そういう問題じゃねぇんだよ。そんなオモチャじゃ、背中任せられネェって言ってんだ」

三発のゴム弾を装填したマガジンを、9ミリ拳銃に嵌めこみながら、小倉が吐き捨てる。

「実戦でいこうか？　今更シューティングレンジでもなかろう」

これを俺の挑発と思った小倉の視線が尖る。阿仁は笑っただけだった。

「弾は三発。一発でも俺に当てたら、君らの勝ち。俺はこの『骨董品』でいい」

弾を二発しか装填していないのを知っている小倉が、完全に頭に来ていた。

「なめたこと言ってっと、怪我じゃすまねぇからな」

ヒップホルスターに9ミリ拳銃を納めて、足音高く模擬屋内戦闘用のスペースに向かう。阿仁は肩をすくめて、小倉に続いた。

十メートル弱の距離で小倉、阿仁と向かい合う。

二人は打ち合わせることなく、左右に分かれた。しかも小倉はやや前に、阿仁はやや後ろに動く。俺から見て等距離に立たないのは、連射できる短機関銃などで斉射されないためだ。

だいぶ実戦を重ねているのがそれだけでわかる。

「装塡二発とかナメてんのか？　カウボーイ。ぶちのめされた言い訳にすんじゃねぇぞ」

腰のホルスターの近くで、小倉が右手をさまよわせた。

初弾は薬室に入っているので、抜くと同時に引金を引けば発射される。

「牛は飼ったことがないが、言い訳はしないよ。なんなら、二人同時でもいいぜ」

彼らのヒップホルスターは『サムブレイク方式』といって、親指で脱落防止のストラップを外せるようになっている。

片手で抜きやすいのでアメリカの法執行官はほとんどこれだ。蓋（ふた）がついていたり、ランヤードという紐で銃本体とホルスターがつながっている日本の警察と、この分署はずいぶんと勝手が違う。

「そうかよ」

顔は笑みのまま、阿仁の目つきだけが昏（くら）い。

俺は、彼等に左肩を向けて横向きになる。父が編み出した『イアイ』の構えだ。

急所が集まっている身体の中央を隠すという意味もあった。

「先に抜け」

俺の言葉に、二人は返事をしなかった。

※　※　※

——なんだこいつは？

というのが、小倉の最初の感想だ。

アメリカから来た日系人ということだったが、言葉も訛りがなく見た目もまるっきり日本人だった。

中肉中背で特徴のない顔をしていて印象が薄い。憤怒した達磨みたいな自分の顔とは対照的だな……という外見の印象だった。

薄い印象のくせに、挑発や嘲弄には乗って来ず、怯えた様子も無い。類型に当てはまらず違和感を覚えるのだ。

小倉はわざと怒った素振りを見せたが、それでも反応は鈍い。それどころか、逆に挑発するような言動をする。

西部劇に出てくるような古めかしい拳銃を持っているのも気に入らないし、ガンベルトを巻いてベルトのバックルに近い変なポジションにホルスターを下げているのも気に入らなかった。

――痛い目に遭わせる。

小倉と阿仁が無言でそう示し合わせていた。この戦場のようなエリアで三年も組んでいる。そのあたりは以心伝心だった。

小倉はマガジンを交換したが、薬室内には実包をわざと残しておいた。

事故を装って大怪我させて、ここから追い出す。そういう段取りだった。

――過去を消し、大量のスコアを稼ぐ。

そうしなければならない理由が小倉にはあり、最も効率よくスコアを稼ぐエースは、間違いなく風間だ。

――丹生が殉職した今、風間の相棒に相応しいのは俺だ。

小倉にはその思いがあった。高校卒業から警察官に奉職したいわゆる『ノンキャリ』の給料では、妻のがん治療の金は賄えない。

公金に手を出してしまったのは切羽詰まっていたからだ。小倉は汚職警官になってしまった。警察を放り出された汚れた警察官に、居場所などない。この戦場で生き残り、かつキャリア並みの俸給がもらえるポストに就く必要があった。

風間は、乱暴な捜査をするがスコアは貪欲に稼ぐ。過去を帳消しにしようと、この第一〇三分署に来る警察官と違い、彼女には目的がある。

泥酔した時に口を滑らせたことがあるが、決裁を行える身分になり、もみ消された

（……と、彼女が信じている）未解決事件の捜査班を設置するという目的だ。

そのためには手段を選ばないところがあり、他の捜査員には敬遠される。だが、それが高いスコアにつながっていた。

風間は、スコアを全て『経歴』に換算していた。小倉は全て『現金』に換算している。高額な入院費のためである。そのためには、長野が邪魔なのだ。

——恨みはねぇが、退場してもらう。

小倉がホルスターに手を掛ける。親指をストラップに押し付けるようにして外した。あとは抜いてトリガーを引くだけだ。

射撃には自信はあった。もともと術科では優秀で、実戦を積んで更に腕は磨かれている。

首だけをこっちに向け身体を真横にした長野の変則的な構えに、小倉は微かに苛立った。バックルの近くに、斜めにぶっ刺したような拳銃も気に入らない。

——コルトSAAだと？

西部劇で見たことがある拳銃で、百五十年近い昔の機構をそのまま使った拳銃だった。SAAは『Single Action Army』の頭文字をとったもの。

その制式名の通り、撃鉄を指で起こして引金を引くシングルアクションと呼ばれる作動方式の銃だ。通称『ピースメーカー』。

未だに生産されているが、コレクションアイテムとしてだ。それを実戦に使うのが小倉は気に入らなかった。

——それにしても、真横を向かれると、実にやりにくい……。

外連味たっぷりのふざけた構えだが、標的が小さくなるのは事実だった。急所の集まる身体の中央『人中線』が隠れるという利点もある。

侮っていた相手だが、ハッタリだけではないのかもしれないという不安が、小倉の心の片隅に湧く。

寛解したと思ったら転移が認められた妻の事を思う。貯金は使い果たした。ここ〈犯罪特区〉にしがみつくしかない……と、小倉が怯みかけた心を叱咤した。

声は出さなかった。無言のまま、右手に全神経を集中させて、何度も反復した動きをトレースする。抜いて、構えて、撃つ。それだけだ。

小倉が９ミリ拳銃のグリップをつかみ、親指で撃鉄を起こしながらホルスターから抜く。〈犯罪特区〉では『警告射撃』の手順などない。

小倉の銃のトリガーに指がかかった。

「え？」

銃声は一度だけだった。

銃口から硝煙が糸を引くＳＡＡが、いつの間にか長野の手に握られている。抜く瞬間も、撃つ瞬間すら小倉には見えなかった。

奇妙なのは、小倉と阿仁の手から同時に9ミリ拳銃が吹っ飛んだこと。

——俺と三メートル以上離れて立った阿仁まで一瞬で撃ったということか？

小倉の脳がカッと沸騰した。戦闘モードになったのである。

何も考えずに長野に向かって駆ける。

驚くような面白がるような長野の表情に小倉の怒りが殺意に変わる。

右手で長野の襟を摑んで思い切り引いた。小倉は相手の体勢を崩して得意の『払い腰』に入るつもりだった。体格はふたまわりも小倉が大きい。

組みついてしまえば、長野などどうにでもなると思っていた。

長野は『崩し』に逆らわなかった。ひょいと左手を伸ばして小倉の顎に掌底を当てただけだ。

打撃ではなく、押し退けようとしただけに見えた。

小倉が長野の右袖を引いて投げに入ろうとした瞬間、長野は小倉の顎に当てた掌を滑らせて、人差し指と中指で小倉の獅子鼻を挟む。そして鼻梁に沿って突き上げてきた。

——コイツ、眼を！

頭を振って、小倉が長野の指を振り払う。

鎖骨に衝撃があった。長野が鼻から指を離すと同時に肘を突きあげていたのだ。

コツンと当てただけということが、小倉にはわかった。本気で打たれたら、片腕が使えなくなっている。手加減された。それがわかった。

　そもそも、最初の抜き撃ちの段階で手加減されていたのだ。

　戦意は失せてしまっていた。両手を挙げて「降参」の意を示す。

　長野は、「下がっていい」という風に、小倉を押した。小倉は屈辱に顔をゆがめながら素直に下がった。

「小倉ぁ！　ブル嚙んでんじゃねぇぞ！」

　阿仁が、地を這うほど低く構えて突進していた。

　ラグビー選手時代に阿仁が得意にしていた『スピアータックル』だった。

ぶち当たった瞬間に、強靭な背筋で相手を担ぎ上げるようにしてぶん投げる技法だ。

　長野は、腰を落として待ち構えただけだった。

「なめんじゃねぇ！」

　阿仁は身長百九十二センチ、体重九十八キログラム。全速力で阿仁がぶち当たった衝撃は一トンを超える。

　長野の膝と阿仁の額がゴンと鈍い音を立てて激突した。

　腰を落とした姿勢のまま、長野がずずと地面をスライドしたが、体勢が崩れることはない。細身に見えて、長野の足が筋肉で膨れ上がっていることに、阿仁は気が付いた。

見た目以上に長野は鍛(きた)えている。小倉が崩し切れなかった理由がわかった。

額が裂けて血を流しながら、阿仁が押す。ひっくり返ったら、のしかかって殴り回すのが、阿仁のやり方だったが、今回は勝手が違った。

長野が肘を阿仁の後頭部に落とす。やはりコツンと当てただけだった。

「くそっ！　こいつは丹生以上だぜ、こいつと組めよ風間」

手加減されたのがわかって、阿仁も戦意を喪失する。反発だけが残った。だが、この第一〇三分署で最も価値があるのは戦闘能力。小倉も阿仁もそれが骨身にしみていた。

銃で負けて徒手戦闘(ステゴロ)でも負けた。頼りなさそうに見えるが、こいつは第一〇三分署向きだと、小倉と阿仁は認めざるを得なかったのだ。不本意だが。

「あっそ。あんたたちも、口ほどじゃないわね」

風間の憎まれ口に小倉が苦笑を浮かべる。

阿仁は「傷ついたぜ」という態度で肩をすくめた。

「格闘技じゃなくて、ありゃあ喧嘩だろ？　教官」

額の傷に絆創膏(ばんそうこう)を貼りながら、阿仁が言う。

「アメリカで日系人が各地を転々と転校する。あとはわかるだろ？」

それが長野の返答だった。

「最初の射撃、どうやったんだ？　銃声は一発だったぜ」

長野がローディングゲートを開けて、二発の空薬莢を取り出す。ゴム弾頭の弾は二発とも発射されていた。

「煽撃ちという技法だよ」

ホルスターから抜きながら撃鉄を起こしてトリガーを引く。これで一発発射されるが、トリガーを引いたまま、左の掌で撃鉄を起こして離せば、輪胴は回転して次の一発が発射される。

これを素早く行えば、二発連射しても一発の銃声しか聞こえない。シングルアクションという機構ならではの技法だ。

「そんな曲芸みてぇな……あぁ、曲芸師だったな」

阿仁がヘラヘラと笑いながら言う。

二人から敵意は消えないが、背中を任せるに足るという判断が下されたのだろう。

アテが外れて不満そうなのは風間で、

「なに簡単に転がされてんのよ、ちょろい連中」

などと聞こえよがしに毒づいている。

「抜く瞬間が見えなかったぜ、どうやったんだ?」

風間を無視して小倉が言う。長野は自分の手の内をさらすことはないと思っていたが、『決闘者』の情報収集のために〈犯罪特区〉に詳しい人物が必要だった。なので、親切に

『イアイ』を教えてやることにした。

「バックル近くに斜めに差しているのは、こう、捻りながら抜くためだ」

長野が彼らの目の前でゆっくりと抜いて見せる。

標的に対して横向きになり、身体をやや後方に倒すとホルスターが地面に対して平行になる。

つまり、抜いた段階で銃口が標的に向いているのだ。これは、『抜き・構え・撃つ』という動作の『構え』の部分が省略されているということ。これが、『イアイ』のキモだった。

腰に銃把（グリップ）を押し付けることで、抜いた銃を安定させ手首で方向を定める。

精密さは繰り返しの鍛錬の賜物だ。

どのくらい手首を傾ければどこに弾丸が飛んでゆくか、長野の身体には叩きこまれている。

「追っているんだ、コイツを」

長野がポケットから取り出したのは、クルーガーランド金貨だ。

ピンと指で弾いて飛ばしたそれを風間がキャッチする。

「これ……丹生の口に押しこめられていたのと同じ」

「そうだ。俺は金貨を儀式に使う奴を殺す。実はそれ以外に興味はない。君と利害は一致するだろう?」

※　※　※

壁紙も無く床材も敷かれていないコンクリートむき出しの一室に、男の姿があった。

ここは、建築途中で放置された高層ホテルで、本来なら海が見えるロケーションをウリにしたカジノと遊園地が併設された高級リゾートになるはずだった場所だ。

中国の建築バブル景気を当て込んで無理な投資を重ねた挙句破綻した、『アジア一番のカジノ』計画のなれの果てだった。

中国資本の投資会社も米中の経済戦争の最中で経営破綻して解散。責任の所在が一体どこにあるのか分からなくなってしまった。

この立ち入り禁止の廃墟と成り果てた臨海エリアに入り込んできたのは、イリーガルな連中だ。

最初に大陸系黒社会の連中がやってきた。送電線から勝手に電気を引き、上下水道を無断使用するなど、違法にインフラを整備し、何の権利も無いのに、勝手に区画の切り売りを始めたのも彼らだった。

電力会社や水道局の職員が実態調査に入ろうとしたが、その頃には非武装の連中が入る事など出来ないほど治安は悪化しており、所轄の月島警察署の警察官に殉職者が出た頃から大問題となる。

——いつだって、この国は泥縄で笑える。

水を出しっぱなしにした洗面台で、ナイフを左腕に突き立て、ぐりぐりと左右に抉(こじ)りながら、男は笑みを浮かべた。

コツンと陶器の洗面台に落ちたのは、ひしゃげた9ミリパラベラム弾の弾頭だ。

水に傷を晒して洗いながら、相手の死の瞬間を男は反芻した。

——日本の警察官にしては、あの警察官は素晴らしかった。

そう心の中で呟いて鏡で男は自分の顔を見る。ダークブラウンのウェーブした髪。彫りは深いがアングロサクソンとは違う造作。ラテン系に近いが、東洋人に見えなくもない。いったいどの民族なのか曖昧なのは、さまざまな民族が融合しているから。

——金貨を与えるに足る人物だった。

抗生物質を注射し、ゼリー状の傷口保護剤を塗り込み、止血ガーゼを押し付けて、包帯で巻きながら、鼻歌混じりに男が独白を続けた。

麻酔やモルヒネなどは使わなかった。激痛のはずだが男は表情一つ変えない。

男は自分に向けられた殺意を思い出して歓喜に震えた。

健闘を讃(たた)えて、口の中に金貨を押し込んだ時の相手の憎悪の目と、ガチガチと金貨を噛む音が素敵だった。

金貨には歯形がついただろう。生の最後の痕跡がそれだと思うと、男は仕留めた相手がたまらなく愛(いと)おしく感じられる。

男が『スプリングボック』が意匠として使われているクルーガーランド金貨を使うのには、意味がある。狩られる側の草食動物だからだ。

高価な金貨をつかうのには『敬意』。『スプリングボック』の図柄は男に狩られたというサイン。

男はアメリカでマフィアの大物を何人も殺した。その人物たちに恨みはない。雇われて、標的を殺したにすぎない。

態度は大きかったが、泣きわめいたり、失禁したり、実に興ざめな連中だった。

金貨を与える価値がない相手だったが、「金貨を口に入れる」という依頼主のオーダーだったので、仕方なく入れた。『殺し屋を雇った』というメッセージなのだろう。

「誰が殺し屋である男を雇ったのか？」

犯人捜しが始まっていた。金貨を口に入れる殺し屋『決闘者(デュエリスト)』の捜査網が敷かれてしまっていた。

男が日本に渡ったのは、助っ人要請があったのもあるが、ほとぼりがさめるまでの一時避難の側面があった。

日本のことはよく知っている。安全で安心して暮らせる数少ない先進国。

だが、月島という埋め立ての人工島は違っていた。東京湾の沿岸で、二つの島が寄り添うように在るこのエリアは、まるで戦場だった。

困り切った日本政府は、橋や鉄道を完全に切り離して島を孤立化させ、封じ込めを図って現在に至る。

ここは〈犯罪特区〉と呼ばれて、様々な軍事・警察関係の実証実験が行われる場所に成り果ててしまっていた。殺しを生業（なりわい）とする『決闘者』にとっては最高の遊び場だ。

退屈な日本滞在が楽しいものになったのは、彼にとってうれしい誤算だった。

「犯罪者にも人権がある」

という噴飯ものの主張をする野党議員が、このエリアに相談所を設けてボランティア活動を始めた時、『決闘者』は腹を抱えて笑った。

ここに集まっているのは、日本進出を企てるイリーガルな組織の尖兵たちだ。

「凶悪犯罪に脆弱な日本で、いかに一番大きなパイを確保するか？」

彼らにはそれしか興味がない。

野党議員の肝いりで、弱肉強食のジャングルと化しているエリアに出来た『無料診療所』『薬物被害相談所』『組織犯罪からの離脱支援所』は、わずか三日で消えてしまった。

勇敢なボランティアも、提唱者の議員も、行方不明になって、未だに見つかっていない。「腑分けされて売られた」という噂が流れていたが、このエリアではあながち噂では済まない。

いくつかの報道機関の取材陣も、消えた。冒険的なフリーのジャーナリストの失踪も相次ぐ。

高価なカメラが通販サイトで流れたので、その運命は容易に察することが出来た。

左腕の動きを確認するように、掌を握ったり開いたりしながら『決闘者』が、赤いサインペンを持って、壁面に貼られている写真の一つに×マークを付ける。

陸上自衛隊から警視庁に出向していた丹生聡巡査部長の盗撮写真だった。

国家公安委員会、それに連なる政治家、警察庁長官、警視総監、警察庁や警視庁の警察官僚などの盗撮写真がびっしりと壁面には貼ってある。

風間の写真も貼ってあり、×マークがついた丹生とは、赤線で結ばれていた。

写真は相関関係を示しているらしい。『決闘者』の依頼主から渡された資料だった。

すぐに殺すべき相手。いずれ殺すべき相手。動向を観察し状況によっては殺すこともある相手……と、色分けされている。政治家や警察官僚は『いずれ』のグループ。丹生のような現場の捜査官は『すぐに』のグループだった。

メキシコなどの麻薬カルテルの技法と同じことが、日本でもおこなわれつつある。腕は随時切り落とし、頭はいつでも吹き飛ばせると脅す。〈犯罪特区〉を自分たちの土地にするためだ。

今回のオーダーの窓口は、南米の麻薬カルテル。その裏にはもっと大きな何かがありそうだが、そこを探るのは『決闘者』の仕事の範疇（はんちゅう）ではない。

風間に線を書き加える。その先はクエスチョンマークになっていた。新しいパートナーが誰なのか『決闘者』はまだ把握していない。

「まずは一人」

何者かに声を掛けられ『決闘者』の手が止まった。

「気配を消して近づくなと言っただろ？　うっかり殺してしまうこともありうる」

ため息混じりに『決闘者』が言った。彼の声はまるで機械の合成音のようだった。

「すまん、すまん、癖でな」

『決闘者』と背格好が似ている男が、頭を掻く。背格好どころか、髪も顔つきもそっくりな男だった。兄弟と言っても通用するほどだが、血縁関係はない。他人の空似というやつだ。

この写真を集めて来たのがこの男で、孤独な『決闘者』の唯一のパートナーである。

業界では通称『助手（アシスタント）』と呼ばれていた。

第四章

　どうやら俺は、風間の相棒として合格となったらしい。

　射撃場の管理室であるプレハブに持ち込まれたのは、風間が丹生と追っていた事案の資料だった。

　ここ〈犯罪特区〉において銃器需要で勢いがあるフィリピンマフィアと市場に新規参入してきたコロンビアマフィアとの抗争を調べていたようだ。

　弾薬保管金庫の9ミリパラベラム弾を俺の机の引き出しに全部移し、そこを勝手に捜査資料の保管場所としている。風間が自分の事務所に資料を置かないのは、情報を独占するため。

　スコア制は警察官を奮起させる効果はあったが、情報共有の阻害が引き起こされている。もともと、秘密主義の警察官の捜査が更に隠蔽(いんぺい)されがちになったということだ。

　手柄、つまりスコアは関与する人数が多いほど自分の取り分が少なくなる。

　小倉と阿仁も、このプレハブに勝手にコットを持ってきて、そこでごろ寝している。

この二人のむさい大男どもが出入りしているのは、俺の監視という側面があるのだろう。実にうっとうしい。

とはいえ、小倉・阿仁組の資料と、風間の資料が読めるのはありがたかった。

風間、小倉、阿仁の三人はかかわったら命がいくつあっても足りないということで、第一〇三分署では敬遠されているらしい。この三人が入り浸っているので、訓練の申込者が皆無というのもありがたい。彼らは番犬ぐらいの役には立っている。

風間は、金庫から勝手に.38スペシャル弾を取り出してシューティングレンジで撃っていた。

俺が資料を読んでいる間の退屈しのぎなのだろう。

彼女が使っている銃は『コルト・ダイヤモンドバック』。日本の漫画やアニメーションで有名になったコルト・パイソンの小型版だ。

チラッとみたが、2・5インチの短銃身にしては的への集弾率(グルーピング)はまぁまぁだった。

このシリーズの特徴である放熱板(ベンチレーテッドリブ)と呼ばれる梁状(はりじょう)の構造が銃身上部にあり、放熱による陽炎(かげろう)を抑止すると言われている。実際は、「かっこいいから」というのが定説だ。

ただし、銃身が重くなるのは事実で、銃口の跳ね上がりを抑止する重しの意味合いの方が強い。

ダイヤモンドバックは生産コストが高いので、約三十年前に製造中止となったが、コルトの伝統である「撃鉄を起こしてからのトリガーの引きの絶妙な軽さ」が人気で根強いファンが多い。

何度か復刻版が生産されており、風間が入手したのは多分それだろう。

反動が大きなリボルバーにしては、銃口の跳ね上がりも少なく、シングルアクションで使えば精密射撃にも向く銃だ。発砲が多い〈犯罪特区〉では悪いチョイスではない。

小倉と阿仁が本当に眠っているのを呼吸音で確かめ、机の上に置きっぱなしになっている風間の私物スマホにUSBメモリを接続する。多分これで、彼女のスマホは何かのウイルスに感染した。

インストール完了のビープ音を確かめ、USBを引っこ抜く。外部から新しいアプリケーションなどがインストールされると、警報が表示されるが、それを迂回する技術があるのだろう。

とにかく、これで俺は警察庁の義務は果たした。

「久々にいっぱい撃ったぜ」

右手首をぷらぷらさせながら、風間がプレハブに帰ってくる。左手にダイヤモンドバックを持ったままなのは、シリンダーが過熱しているからだろう。撃ち続ければ、下手(へた)に触ると火傷(やけど)するほどになる。ホルスターにも納められない。

俺の手元の資料の山をチラッと見ながら、風間が無造作にスチール製の棚の上に銃を置く。

そして、勝手に冷蔵庫を開けてダイエットコーラをラッパ飲みしていた。

「俺にもくれよ」

コットから、目を覚ましたらしい小倉が手を伸ばしたが、風間は返事もせずに卑猥なハンドサインを送っただけだった。

「コーラは俺の私物だ。勝手に飲むな。それにここで下品な真似はやめろ。昼寝している奴は帰れ」

パタンと資料を閉じながら、うんざりして言う。本当にコイツらは品行方正で有名な日本の警察官なのだろうか。

「固ぇこと言うなよ、ブンシローちゃんよ」

こっちも昼寝から目覚めた阿仁がヘラヘラと笑いながら言う。小倉はわざと卑猥なハンドサインを突きあげ、風間は大きなゲップをしただけだった。

「質疑応答は？」

風間が、二本目のダイエットコーラを冷蔵庫から取り出しながら言う。俺が一通り資料を読んだのを察したのだろう。風間は態度粗暴だが敏いところがある。

「麻薬だけやっていればいいのに、『ホセ・カルテリト』は、なぜ銃器を扱うことにしたのか？　ほぼ『セブ』の独壇場だっただろ？　わざわざ蜂の巣をつつくのはなぜだ？」

フィリピンには銃器密造を生業とする集落があり、その地名をとってフィリピンマフィアは『セブ』と名乗っている。

「日本じゃ主力商品のコカインが売れないってのが、あるかもな。日本はもっぱら覚醒剤（シャブ）なんだよ」

昨日の夜、資料を読んでいてひっかかったのは、そこだ。

「覚醒剤にも『ホセ・カルテリト』はルートを持っているだろうに。そっちを太くすればいい。なぜ既得権者に挑むようなことをする？」

「俺らがひっかかったのもそこよ」

小倉が口を挟む。風間に強い目で睨（にら）まれて、小倉は肩をすくめて口をつぐんだ。

阿仁は「おっかねぇ」と言って鼻で笑う。俺はまだ風間に全面的に信頼されているわけではなさそうだ。

「品質がいいんだよ。『セブ』が作るサタデーナイトスペシャルとはわけが違う。純正品と区別がつかないグレードでさ、しかも『セブ』より安い。あいつらがピリつくだけの理由があんのよ」

たしかに金に汚い『カルテリト』の手口ではない。資料を読む限り、ホセは典型的な守銭奴だ。

「誰かが裏についている」

俺の言葉に風間が頷いた。

「出所は、コロンビア経由してっけど、アメリカ。だから、あんたら『アルコール・タバコ・火器及び爆発物取締局』の情報が欲しいってわけ」

渋々だが風間が俺を受け入れた理由がわかった。『ホセ・カルテリト』を傀儡に、既存の『セブ』を潰して市場を独占しようとしている者がいる。

そして、その連中が『決闘者』を雇って『ホセ・カルテリト』を援助しているというわけだ。

そんなシンジケート、アルコール・タバコ・火器及び爆発物取締局でも把握していない。単純な銃密造・密輸ではないのかもしれない。

「老舗の『セブ』、『ホセ・カルテリト』は仲間内の結束が固くて内部に潜れなくてさ。だから下請けで販路担当のベトナムマフィアに潜入しようと思ったわけ」

丹生は恵まれた体格と戦闘能力と射撃能力を買われて、ベトナムマフィア『ベトチ』の警備部門に潜入した。秘密主義で構成員すら不明だった『ベトチ』の組織の一端が解明できたのは彼の功績だった。

だが、失敗した。『ベトチ』の元請けの一つ『ホセ・カルテリト』によって処刑されてしまったようだ。まずは、なぜ失敗したのか？　そこから探っていかないと、命がいくつあっても足りない。

「あたしらが食い込もうとしてた『ベトチ』は、新興勢力さ」

日本に『技能研修』に来て、オーバーステイのまま潜伏する不逞外国人が存在する。その連中が、アンダーグラウンドの商売に手を出すのだ。暴対法でヤクザが激減した間隙をついた形である。

「奴らベトナムの東北部にあるフート省の地縁団体だ。窃盗を繰り返して販路を開いた連中だよ。何でも扱う。銃も麻薬も人も……な」

小倉が吐き捨てる。阿仁がうんうんと頷いていた。

ここに巣くう『セブ』や『ホセ・カルテリト』は仕入れ問屋。『ベトチ』はロジスティクスと、役割分担しているということか。

月島一帯にある外国マフィアは、要するに本部機能。ここから日本各地にある配下や下請けに指令を飛ばしている。

「ここ〈犯罪特区〉には、複数の毒蛇の頭が蠢いてんのよ。そいつを潰せば、胴体は死ぬ」

やっと冷えたらしいダイヤモンドバックを取り上げ、風間はショルダーホルスターに納める。

そういえば、風間が愛用するコルトのリボルバーの愛称の由来は毒蛇だった。

※　※　※

地縁組織に潜り込むのは難しいが、一度信頼されると潜入捜査は容易になる。

俺は、アルコール・タバコ・火器及び爆発物取締局に協力するため、何度かモーターサイクルギャングに潜入したことがあるので、コツみたいなものは会得していた。

とにかく、彼等の故郷について調べ上げることだ。ちょっとした伝説。そういった、ガイドブックに通りの渾名（あだな）。町一番の名物男の存在。ちょっとした伝説。そういった、ガイドブックに載っていない事柄を、頭に叩きこむのだ。

彼らの生まれ育った町から少し離れた場所の出身とする方が、応用はきく。すこし小馬鹿にされる田舎者の方が警戒されにくい。『ベトチ』は人口約三十万人のフート省の省都なので、そこそこの都会だ。

そこで俺と風間はベトチ郊外のラオスエンという町を調べる事にした。フート省を流れるロー川から用水路を引っ張った途中にある町で、ベトチへの流通の拠点となっている。ラオスエンの基本データはネット上で拾うことが出来る。俺はまずその情報を頭に叩きこむ事から始めた。

風間は独立行政法人国際協力機構（JICA）に電話を入れて、ベトチ方面に赴任した事がある職員を探している。

　小倉と阿仁もあちこちに電話をしていた。

「国際機関にコネでもあるのか？」

　通話を終えた風間に話しかける。態度粗暴な風間が愛想のいい口調と声で話しているのに違和感があった。

「もみ消してやったんだよ。『借り』を作る相手は選ばないとなぁ」

　風間のけっけっけという下品な笑い声は相変わらずだ。手元のメモ帳にさらさらと何かを書いて俺に渡してくる。『阮・文・明』と書いてあった。

「これは『グェン・ヴァン・ミン』と読む。これからアンタが成りすます人物の名前だよ」

　ベトナム人の氏名は、『姓・間の名・称名』で構成される。

　姓は『グェン』が最も多く、約四割がそれだ。ミドルネーム的な『ヴァン』も多く、称名の『ミン』も多い。同姓同名が多くなるようにと、作った名前だろう。潜入はボロを出さないことが肝要だ。

「ベトナム語は？」

　風間が問いかけてくる。

　ベトナム戦争で南ベトナムの人々が北ベトナム軍の略奪から逃げてアメリカに難民とし

て渡ったが、そのうちに一人がガン・ショーの一座に居た。その人物から、俺は読み書きと会話を習っている。

「一通り話せる」

俺の返答に頷いて、風間は、

『見かけない顔だな？　おまえどこの出身だ？』

と流暢なベトナム語で話しかけてくる。風間の意外な才能だった。

『ラオスエンの出身だ。眠ったようなつまらない町だよ』

驚きながら、ベトナム語で答える。

「旅行者なら合格だが、ベトナムは南と北で言語が違う。あんさんのは『南』の言語で不自然だ」

たしかに俺がベトナム語を習ったのは南ベトナムから来た老人だった。

『ラオスエンの出身だ……』

回答をやり直してみる。北ベトナムの言語も、俺はその老人から習っていた。彼はアメリカ軍の下請けでスパイをしていたという経歴の持ち主で、北のしゃべり方もできた。

風間が親指を立てて合格のサインを送ってきた。

「いいね」

「言っちゃ悪いが、外国語が上手くて驚いたよ。日本人は発音が苦手だろ？」

風間が鼻で笑った。

「ここに巣くっている主な犯罪組織の言語は、一通り読み書き出来ネェとな」

英語はもちろん、中国語は北京語・広東語は読み書きができるらしい。ハングル、スペイン語、ポルトガル語、珍しいところだと、ナイジェリアのハウサ語、ヨルバ語、イボ語まで日常会話程度は出来るそうだ。

日本人だと、言葉がわからないとタカをくってローカル言語を使ってやりとりすることがあるので、その対策なのだろう。

「意外と優秀なんだな。見なおしたよ」

「てめぇ『意外と』は余計だ。カウボーイ」

風間、小倉、阿仁の三人が、『グェン・ヴァン・ミン』の人格を作り上げている間、俺はひたすら資料の読み込みを続けた。

モーターサイクルギャングに潜入した時やったことだが、俺は演じる人格の人生を追体験する。その架空の人物になりきるために必要なことなのだが、どうやら俺にはその才能があった。

ショー・マンとしてガキの頃から色々な役を演じていたからなのかもしれない。

「下準備で、どこか潰すか」

阿仁が、ノートPCでリストを出しながら言う。

シナリオとして、『大陸系黒社会から、大金を盗み出したベトナム人犯罪者』というのを風間は考えているらしい。

国境でベトナムと中国は何度か衝突していることもあり、ベトナム人は中国系とあまり仲が良くない。なので、そのシナリオならウケがいいのだという。

「第一〇三分署区画外で、調子に乗ってる黒社会はどこだっけ？」

阿仁がカタカタとPCを操作する。大きな図体を屈（かが）めて細かい作業をしているのは、可笑（おか）し味のある光景だった。

「銃器で『セブ』と取引しているところがいいだろう。真弘幇（ジンホウパン）とか名乗っている新興組織があったよな？」

小倉が身を乗り出して、阿仁のPCのモニタを指差す。

「三合会（トライアド）への上納金を渋って、セブと組んだとこね。黒社会の旧勢力から睨まれているから丁度いいんじゃないの？　所轄は池袋（ブクロ）署だっけ？」

風間が、スマホを操作しながら言う。彼らの慣れた感じから、過去に何度もこうした作戦を手掛けてきたことが窺（うかが）えた。

風間が何も知らないまま、ウイルスに感染したスマホからメールを送っている。これらのデータが警察庁の警務部に送られ、警視庁とのパワーゲームに使われるのだろう。深くかかわりたくないが、父の仇『決闘者』の情報をもらうためだ。

「一人っ子政策の時のガキどもは、『小皇帝』とかいって、恐れ知らずでわがままだ。しかも日本人相手なら何やっても無罪だと思っていやがるからタチが悪い。警察官を襲ったりするからな」

小倉が吐き捨てる。

「警察舐めてやがんのよ。お灸を据えてやらんとな」

そう言って阿仁が笑ったが、眼は笑っていなかった。

「池袋署にはコネあるから、調べてみる」

風間の言うところの『コネ』は、弱みを握って強請ることだ。池袋署の誰かが、風間に頼らなければダメなほどの何かをやらかしたということか。おかげで、延々と風間に骨までしゃぶられる羽目になる。

「越境調査だ。いいのか？」

立場上、一応苦言を呈する。へらへらと笑いながら阿仁が答えた。

「年季勤めれば、無罪放免。ここじゃ、気にする奴なんざ居ねぇよ」

※　※　※

日本の警察が外国人犯罪に及び腰なのはアメリカでも有名で、人事交流が決まった時に渡された資料にもそう書かれていた。

だが、その常識は第一〇三分署では通用しないらしい。

日本の警察を総括し指導する立場である警察庁が眉をひそめるのも、分かる気がする。

だが、皮肉なことに、高度に組織化され、凶暴化の一途をたどる外国マフィアの犯罪に対抗できるのは、俺の見た感じでは第一〇三分署しかないと思えた。

日本の組織犯罪対策のメソッドはヤクザへの対抗で、『暴対法』によって目覚ましい勝利をあげている。ヤクザは激減し、関連した犯罪も減った。

その代わりに入ってきたのは外国人マフィアだった。犯罪者同士しのぎを削っていたヤクザがいなくなったので、急激に勢力を伸ばしつつある。

東京では深刻な麻薬汚染が進み、粗暴犯、レイプ犯罪、殺人、児童誘拐といった凶悪犯罪が急増した。窃盗などの犯罪も増加の一途をたどる。

警察は新しいシークェンスに入らなければならないが、戸惑っているのが現状だろう。変化が速すぎたのだ。

全ては〈犯罪特区〉が一種の工業団地のようになり、世界中の犯罪組織が誘致された結果だ。『エリア丸ごと封鎖』は批判もあったが、その英断のおかげで東京の治安悪化はこの程度で済んでいるといっていい。

そして、『武装警察』という実験組織・第一〇三分署がつくられた。

日本に唯一存在する武装警察の術科指導員でもある俺は、ぶらぶらと池袋を歩いていた。

池袋駅西口（北）という、方向がよくわからない出口を出て商店街に向かう。

一般の商店や飲食店に交じって、バーやスナックがあり、路地を奥に入ると、ラブホテルが営業しているという、新宿や渋谷とも空気が違う猥雑な街だ。

俺は、ベトナム人技能研修生の『グエン・ヴァン・ミン』という人物で、運悪く研修生を不当に扱う企業に当たってしまい、逃亡したという設定だ。

ベトナムからは、多くの研修生が『夢の国・日本』に入ってきていて、その多くは技術を学んで自国に戻り、地域の産業に貢献している。

しかしグエン・ヴァン・ミンのように、研修から逃げ出して専ら不法就労に明け暮れる者もいた。なにせ、一ヵ月働いただけで、本国で一年働いた以上の金が手に入るのだ。

地下銀を使って、違法送金すれば、国元の家族が大いに助かる。

当然、オーバーステイになり、ビザの提示なしでは働くことが出来ない、いわゆる「まともな就職先」はなくなってゆく。

その結果、イリーガルな仕事に手を染めはじめ、そうした者が集まってお互いを守り合う。

不法滞在者のマフィア化である。『寄らば大樹の陰』は、洋の東西を問わず普遍的な真理で、大きな組織が有象無象の小組織を合併吸収してより大きくなってゆく。

俺が潜入しようとしている『ベトチ』は、そうして大きくなってきた組織だ。

ベトナム人で、ベトチを頼って〈犯罪特区〉に逃げ込む犯罪者は多い。

既存の老舗外国人マフィアのロジスティクスを担う事によって、軋轢も生まない工夫をしていた。

下請けとはいえ、隷従しているわけではない関係性など、実にしたたかで、さすが大国アメリカと戦って勝った民族だ。

ベトナム人犯罪者の多くは、組織的に窃盗を行うと同時に、管理売春などを主な稼業としている。俺が演じるグエンはその構成員ということになっていた。

同じく違法ポルノ産業を主な稼業としている日本人背乗り集団・真弘幇とは犬猿の仲だ。

真弘幇らの『背乗り』とは、国籍をロンダリングすることで、行旅死亡人のデータ乗っ取りや偽装結婚などで、日本人に成りすます行為。

外見が東洋人である、中国人の黒社会が牛耳っている分野だ。

「で、どうするんだ?」

耳に嵌めた、通信機と骨伝導マイクで、サポートについているはずの、風間、小倉、阿仁に言う。

「行って、撃って、殺す。金を奪って逃げる。カウボーイには簡単だろ？」

阿仁の笑いを含んだ声が聞こえた。チェシャ猫のニヤニヤ顔が脳裏に浮かんで、力が抜けた。

「虚報噛ませて、事務所は最低人数しかいねぇからよ。構うこたぁねぇからぶち殺せ」

風間が警察官らしからぬことを言う。

「児童誘拐（キッドナップ）してポルノ撮っていた連中だ。遠慮することぁねぇぜ」

言葉を被（かぶ）せて来たのは小倉だった。

彼らの意図はわかる。要するに、俺に犯罪の片棒を担がせて、俺が彼らを裏切らせないようにするためだ。

潜入捜査ではよくあることだ。俺のことを、警察庁あたりの密偵と疑っているのだろう。まぁ、任務に忠実かどうかは別として、彼等の疑念通りの人物ではあるが。

警視庁は汚い仕事を第一〇三分署に押し付けているきらいがある。

かつてはヤクザが外国人マフィアの抑止力になっていたが、その力が急速に衰えつつある現在、その代替を特例で守られた武装警察に求めている気がした。

所轄内を荒される池袋警察署が黙認するのも、怪しい。多分、グルだ。ヤクザを黙認してアンダーグラウンドの治安を安定させていた警察の裏の技法に似ている。

風間に指定された雑居ビルに入る。三階の角部屋が真弘幇のアジトだった。『幇』と名乗っているが、大陸の老舗の黒社会とは全く関係なく、勝手にそう名乗っているだけらしい。頭の悪い連中だ。

このビルの真向かいはバリ島をモチーフにしたラブホテルがある狭い路地で、通りにまでエスニックなお香が匂っていた。

斜め向かいには、地下に造られた銭湯があり、そっちからは石鹸の匂いがしている。

銭湯の営業時間外で、しかも人通りが少ないラブホテルの入口側の雑居ビルである。

襲撃にはもってこいのロケーションだった。

手提鞄（かばん）からガンベルトとＳＡＡを取り出し、床に置く。

ガンベルトを巻いて、ダークスーツの上着を脱ぎ、丁寧に畳んで鞄の上に置く。

廊下に監視カメラがないのは、確認済みだ。ビルのエントランスには警備会社の監視カメラがあったが、池袋警察署を通じて信号を遮断している。偶然この時間、故障しているということらしい。俺が事務所を襲撃した証拠を残さないためだ。

警備会社には警察や消防のＯＢが幹部として天下りしていて、こういう時に便宜を図る。

ＳＡＡを抜いて、身体の後ろに隠し、ドアをノックする。

さすがにぶち抜き防止に、鉄製のドアに替えてあったが、「はーい」と開けてしまっては意味がない。

コイツらは日本の警察を舐め切っているのだ。

俺には警察内部の情報戦や日本の治安維持の優先順位は低い。『決闘者』をSAAで仕留めること。そのためだけに日本に来たのだ。

不機嫌そうな若者が、ドアの隙間から顔をのぞかせる。

「誰だ、てめ……」

最後まで言わせず、思い切りドアを蹴る。

顔面にドアをブチ当てて、若者は昏倒した。そのまま、室内に侵入する。

典型的なオフィス仕様のワンルームマンションで、部屋数は少ないが面積だけは広い。

このことは事前の風間の調査でわかっていた。

ローテーブルでノートPCに向かって何かを作業している者、部屋の隅にある冷蔵庫から何かを取り出そうとしている者、唯一あるデスクに突っ伏して眠っている者、この三人が室内にいた。

すぐに動いたのは、冷蔵庫の男だ。横っ飛びに動いて本棚の引き出しに手を掛けようとしている。そこに武器が隠してあるのだろう。

デスクの男は飛び起きて、手元の引き出しを開けている。ノートPCの男は、懐に手を入れようとしていた。

すぐ何らかの武器を手にしようとするところは、馬鹿でも凶悪犯罪者だった。

俺は手にしたSAAを腰だめに構え、ノートPCの男、デスクの男、冷蔵庫の男という優先順位をつけた。彼我の距離は五メートルあまり。俺なら外さない距離だ。

親指で撃鉄を起こし、ノートPCの男を撃つ。

トリガーを引いたまま、反動を手首で抑えつつ、左手の親指で撃鉄を起こして離す。デスクの男に向かって二発目が発射された。

撃鉄を撫でるようにして、今度は薬指で撃鉄を起こして離す。本棚に飛び付いていた男に三発目が発射された。

俺を見ている者がいたら、銃を構えてつるっと左手で叩いたようにしか見えなかっただろう。銃声は一発しか聞こえなかったはずだ。

それで、三人はほぼ同時に.45ロングコルト弾に貫かれ吹っ飛んでいた。

銃口から硝煙を引くSAAを構えたまま、床に倒れている三人を蹴りながら生死を確認する。三人とも頭部に一発ずつ命中している。もちろん全員即死だった。

「片付いた」

近くで路上駐車しているトラックを移動指揮所にしている風間に報告を入れる。

「あっという間。さすがね」

「そういう『芸』なんだよ」

これで、俺も違法捜査の片棒を担いだので、やっと仲間に認められたらしく、風間の声から硬さが抜けていた。

阿仁を見張りに残して、風間と小倉が事務所に入ってくる。

「一人、生きてるじゃん」

風間が最初にドアを叩き付けられて昏倒した若者を見て言う。

「襲われたって証言する者は必要だろ？」

「そんな奴いらないって」

風間が腰の裏に無造作に突っ込んでいたコルトM1911A1を抜いて、床の若者を撃つ。

飛んで壁に跳ね返った薬莢を、小倉が器用にキャッチする。掌の皮が厚いのか、熱くはないようだ。

「乱暴だな」

「あんたに言われたくないって、カウボーイ。はいこれ」

撃ったばかりのコルトM1911A1のグリップを俺に差しだす。

「ガバメントは使い慣れていないんだがね。あと、牛は飼ったことがない」

潜入捜査をするにあたり、さすがにSAAは目立つということか。アメリカならマニアが多いので目立たないが。

「四五口径で撃たれたことぐらい、真弘幇の首領（しゅりょう）の山田（やまだ）みたいなド低脳のクソバカ禿（はげ）でもわかるでしょ。でも、薬莢が無ければロングコルト弾とＡＣＰ弾の区別なんてつかない。鑑識なんて、ないしね」

渋々、Ｍ１９１１Ａ１・通称ガバを受け取る。

「日本人みたいな名前だな」

「そ、あいつら、帰化した連中か、背乗りばっかりだから。紛らわしいんだよ」

俺は風間の説明を聞きながら、廊下に残した鞄に、ガンベルトとＳＡＡ、それにガバを納める。

その間、金庫を小倉が開けて、百万円の束を二つ俺に渡してくる。

「ヘイ、カウボーイ。これがベトチへの持参金だ」

風間らが考えたシナリオは、

『真弘幇に恨みがあるという設定のグエン・ヴァン・ミンが米軍横流しのガバを入手して事務所を襲撃。現金を奪って逃走。同胞であるベトチに庇護を求めた』

というもの。ベトチの首領ファム・バー・チェットは中国人が大嫌いで、特に真弘幇のようなポルノを扱う連中を毛嫌いしている。

彼が駆け出しの頃、輸送料を何度も踏み倒されて泣き寝入りしていた過去があるらしい。

経緯だけでも好印象で、同郷であることも加味すればなかなかいいシナリオだった。

「次は何をする？」

「真弘幇に襲撃犯グェン・ヴァン・ミンの情報を流す。山田はうすら禿のクソ馬鹿野郎だから、すぐ逆上して、あんたは的にかけられるってわけ」

風間が鼻で笑いながら解説する。敵は情報の出所を探らないで、鵜呑(うの)みにするタイプか。そいつは操りやすい。

「しばらくは、蜂の巣をつついたような騒ぎになんだろ。池袋署の組対の取り締まりが捗(はかど)るってもんよ」

池袋署も、自分たちでは出来ないことを風間らにやらせている。このあたりは暗黙の了解ということなのだろう。

「……で、俺は〈犯罪特区〉に逃亡ってわけだな」

「そそ。間違っても捕まんないでよ。助けられないからね」

「なぜだ。冷たすぎないか？」

俺の風間への抗議に小倉が口を挟む。

「特区外での活動は禁止だからな、うちら」

第五章

東京駅近くの、全国チェーンの中華料理店でラーメンを食べていて、その美味しさに驚いていると、ワイヤレスイヤホンに通信が入った。

『何？　ラーメン食べてるの？　箸使えるんだ？』

風間の声だった。俺の胸には、ボタン型ＣＣＤカメラ兼マイクが取り付けてあって、風間は逐一俺の行動を窃視(せっし)できる状況だった。

「母親が日系人だからね。箸は使える」

ＣＣＤカメラは高性能のマイクも兼ねていて、音声も風間に送られ続けていた。

第一〇三分署の警察官は、このＣＣＤカメラの装着が義務付けられていて、ＡＩが映像を記録する仕組みだ。事案発生時には、自動的に調書が作成され、当事者はその調書をチェックしてサインすればいいという実証実験が行われている。調書作りにうんざりしていた警察官には、概(おおむ)ね好評だった。

もっとも俺は現在、第一〇三分署の管轄になる晴海(はるみ)ふ頭・豊海(とよみ)水産ふ頭がある埋立地から外れているので完全に違法な越境捜査なのだが、俺のバックアップをしている風間も小倉も阿仁も全く気にしていない。

『真弘幇にあんたが演じるグェン・ヴァン・ミンの情報を流したかんね』

風間からの報告を小倉が補足する。

『うすら禿の山田はすぐ食いついたぜ。やっぱり馬鹿だありゃ。直属の幇の構成員と、ハングレの準構成員を総動員してらぁ。上手く逃げろよ』

阿仁が、バイクを盗まれる役で俺の近くに待機している。こんな形でモーターサイクルギャングに潜入していた経験が役立つとは思わなかった。

真弘幇の追跡を振り切り、第一〇三分署の封鎖を突破しないといけない。

『逃亡者のリアリティ出さねぇとだから、出城の連中と交通課には連絡入れてねぇ。うっかりでも、殺したり怪我させたりすんなよ』

笑いを含んだ声で風間が言う。面白がっているのが分かって、舌打ちが漏れそうになった。

第一〇三分署を中心に、北西、北東、南東に駐在所があり、日本の慣習である十二支の呼び方を当てはめ、それぞれ乾、艮、巽と名称を付けられている。

駐在所とはいっても、ここは〈犯罪特区〉だ。コンクリート製の砦みたいなもので、署員には『出城』と呼ばれているらしい。

俺の逃走経路になっている勝鬨橋の封鎖は、地域課第一係が管轄する乾駐在所の担当だった。

さらに、封鎖を突破すれば交通課に緊急発進(スクランブル)がかかり、第一〇三分署の猛者でも侵入が難しいマフィアの支配地域である豊海水産ふ頭まで逃げなければならない。

そこから先は、豊海水産ふ頭の一角を不法占拠している『ベトチ』との接触。交通課とのカーチェイスは派手な方が、より『ベトチ』に信用される。

丹生を内部に入り込ませてしまったので、『ベトチ』は新参者の加入に慎重になっているらしい。地縁の者じゃないと加入は難しいそうだ。そこで、『グェン・ヴァン・ミン』という人格が必要になった。

『言われた通り、仕掛けをしといたぜ。大型バイクで曲乗り(きょくの)とか大丈夫かよ』

阿仁の通信が割り込んでくる。

「旅芸人仲間に『バイク乗り』がいた。そいつから、乗り方を教わったんだ」

一座には一芸に秀でた者が多く、銃の早撃ちはもちろん、バイクやロデオやスローイングナイフや弓など色んな技術や知識を俺は学ぶことが出来た。

座長である父親が死んで解散となってしまったが、芸人を引退して市井(しせい)に紛れた者、他の一座に移った者など、今でもたまに連絡を取り合っている。バイク乗りのジョッシュは、今はスタントマンをやっているのだったか。

俺がラーメンを食べるのをやめ会計をして外に出たのは、視線を感じたからだ。

東京駅八重洲口にある大きな書店の裏手にある店を出て、『柳通り』と呼ばれる道に出る。東京駅の脇にある大きな通り『外堀通り』の脇道だ。バイクを路上駐車して呑気に缶コーヒーなどを飲んでいる阿仁の長身が見えた。

阿仁が俺にサインを出す。〈二名の尾行あり〉というサインだった。

俺はいきなり振り向き、コルトＭ１９１１Ａ１――通称『ガバメント』を腰裏のヒップホルスターから抜いて発砲した。

棒立ちになって、回避行動をとらないのは日本人。地面に伏せたのは真弘幇の息がかかった不逞外国人だろう。

俺はホルスターにガバメントを突っ込んで、脇目もふらずに阿仁の方向に走った。

阿仁は、俺を見て逃げる。予定通りに俺はキーをつけっぱなしになっているバイクにまたがり、ハンドルにぶら下がっているフルフェイスヘルメットを被った。これで表通りを走っても防犯カメラで顔認証されない。

怒号を上げて、地面に伏せていた二人が飛び起き、俺を追ってくる。わめいている口汚い言葉は中国語だった。間違いなく真弘幇の連中だ。

俺はスロットルを全開にして、ウイリー気味にバイクをスタートさせた。

奴らには俺が慌てているように見えただろうか。

バックミラーを見ると、二人のチンピラが銃を抜いている。

発砲されるより前に、『柳通り』と直角に交わる『あおぎり通り』に入って射線を切った。俺のように通行人や建物に流れ弾が当たらないように配慮するような連中ではない。発砲させないのが肝要だった。

『一斉送信が入ってる。近所を流している連中が集結するよ』

風間が俺に報告を入れてくる。俺は『あおぎり通り』を直進して京橋(きょうばし)二丁目交差点で『中央通り』に入った。信号は無視した。急ブレーキをかけた車が、けたたましくクラクションを鳴らす。ブレーキを踏んだ車を縫うようにして、進む。こういう時のために逃走の足はバイクにしたのだ。

俺を追跡する動きの乗用車が一台。日本のメーカーの高級セダンだった。

四人乗っているのをバックミラーで確認した。

後部座席の一人が身を乗り出し、拳銃を構えたのを見て、日本橋(にほんばし)三丁目交差点を無理やり右折して『八重洲通り』に入って射線を切る。

俺も、追跡しているセダンも信号を無視していた。交差点では急ブレーキの音とクラクションが響いていた。

目と鼻の先に『八重洲通交番』があるが、そこに停まっていたパトカーが俺達の乱暴狼(ろう)

藉を見て、サイレンを鳴らして追尾に入る。

「停まりなさい！」

パトカーがスピーカーで怒鳴っているが、真弘幇どもが大人しく従うはずもない。

偶然だったが、このカーチェイスにおいてパトカーは好都合だった。

日本のドライバーは真面目なので、緊急車両のサイレンが聞こえると、道を空けてくれることが多い。

周辺を走っているパトカーが集まってきているようだ。追尾してくるパトカーが三台に増えていた。

『中央署の緊急手配かかったよ！　がんばれカウボーイ！』

風間の声が聞こえる。まったく、ゲームじゃないんだぞ。

その様子に逆上した真弘幇の馬鹿どもが、追尾してくるパトカーと俺に向かって発砲してきた。銀座の繁華街近くで発砲だと？

「何考えてんだ、あのド低脳ども！」

八丁堀交差点を強引に右折して『新大橋通り』に入る。危険なほど傾きながら、真弘幇の馬鹿どもが交差点で急カーブを切った。

左右に蛇行して銃の狙いを定めさせないようにして『新大橋通り』を疾走する。バイクのスピードメーターは時速八十キロを超えていた。

パトカーはさらに増えて五台になっていた。

築地本願寺の前を通過し、築地四丁目交差点を左折する。場外市場としての役割を終え、観光と専門店街に特化した築地周辺は交通量が多く、『晴海通り』に入る際に事故るところだった。急ハンドルを切った初心者マークのついた軽ワゴンは、ガードレールに衝突している。大怪我をしていないといいのだが。

真弘幇の馬鹿どもの射撃の腕がよくないので、俺に命中することはない。あとは流れ弾が誰かに当たらないことを祈るのみだ。

アメリカなら発砲音がすると、通行人は一斉に身を屈める。日本人は〈犯罪特区〉の出現で多少は危機意識が芽生えたようだが、まだ甘い。呆然と突っ立った者や、スマホを掲げて動画撮影する阿呆までいる。

「伏せろ間抜け！」

と叫びたくなって困った。

築地を越えて『晴海通り』に入れば、俺が来日初日に風間にピックアップされた隅田川にかかる勝鬨橋まですぐだ。

ぐんぐんと加速してゆく。時速は百キロメートルを超えた。

パトカーは、築地四丁目交差点で追跡を諦めたようだ。ここから先は〈犯罪特区〉案件になる。

真弘幇のセダンは加速しつつ俺を追尾している。

勝鬨橋の橋詰にある、車止めのバリケードの隙間を俺はすり抜けた。

阿仁が、普段の可動式の簡易なものから、フォークリフトを使って重量があるバリケードに替えている。

真弘幇のセダンがそこにまともに突っ込んでゆく。バリケードを跳ね飛ばすつもりだったのだろうが、思わぬ衝撃にエアバッグが作動し、車は宙に舞った。

後部座席から身を乗り出して拳銃を撃っていた二人は、子供が飽きて投げ捨てた人形のように車からふり落とされ、一人は隅田川に落ち、もう一人は橋の欄干に叩き付けられている。

『ざまぁみろ！』

風間の声が、ワイヤレスイヤホンから聞こえた。これについては、俺も同意だった。

最後の難関が迫っていた。

乾駐在所の連中が、陸上自衛隊から貸与された96式装輪装甲車で橋を封鎖して、ライフルを構えているのだ。

実戦経験を積んだ彼等は手ごわい。向こうはこっちを犯罪者だと思っているので殺す気で来るが、こっちは手出しできない。

「停まれ、このバカ野郎！」

装甲車のスピーカーから、日本の警察官らしからぬ乱暴なセリフが飛ぶ。

俺は更に加速する。ハンドルがひび割れたアスファルトにビリビリと震えた。風が唸り、視界がきゅうっと狭まる。

視界の先には斜めにかしいだ車止めの障害物。阿仁がこっそりと、俺のバイクのジャンプ台に差し替えたものだった。

『バイクスタントは度胸だ』

俺は一座のジョッシュにそう教わった。迷ったり怯んだりすると、転倒して大怪我するらしい。

雄叫びは自然と喉の奥から絞り出された。

前輪にガンという衝撃。それを、車体を挟みこんだ両脚と、腕の力で抑え込む。

バイクは、斜め上の方向に六十一馬力と十分な加速で駆け上がってゆく。

『あははは！　やった！　最高に頭悪ぃぜ！』

風間の笑い声とともに、俺は乾駐在所の装甲車の上を飛越していた。

※　※　※

俺は、交通課の武装白バイに追われて、勝鬨の埋立地と豊海水産ふ頭の埋め立て地を結ぶ浜前橋からバイクごと転落した。

俺が背負っていたリュックサックの中には小型の酸素ボンベがあり、それを水中で取り出し、水密加工されたフルフェイスのヘルメットに充填させながら、捜索を振り切ったのだった。

くたくたに疲れ切った俺が上陸したのは『勝どき五丁目親水公園』で、かつて親子連れで賑（にぎ）やかだった場所だ。

今は、外国人マフィアの支配下にあって警察の手が及びにくい築地大橋をこっそり渡ってくる麻薬中毒者のたまり場になっている。麻薬密売人（プッシャー）の稼ぎ場だ。

ずぶぬれで川から上がってきた俺を見て、枯れ木のように痩せた女がケラケラと笑って指を差している。幻覚でも見ていると思ったのだろう。重度の麻薬中毒者らしい。あそこまでいくと、もう救えない。

先進国の中では麻薬汚染が進んでいない方だった日本でも、この〈犯罪特区〉のせいで、じわじわとガン細胞が広がる様に、麻薬の流通は多くなってきている。

ヘルメットを隅田川の中に投げ捨てて、ヒップホルスターからガバメントを抜いて銃身内の水を抜きながら歩く。

拳銃を持っている事をわざと示したのは、ジャンキーと麻薬密売人を近寄らせないためだ。俺は疲れ切っていて、こいつらを相手にする余裕がない。

目指しているのは、ここが犯罪多発地帯になって、退去を余儀なくされた豊海水産ふ頭の一角。そこが、『ベトチ』の本拠地だった。

ガバメントを振って水気を飛ばしてホルスターに納め、濡れた服に体温を奪われ寒さにガチガチと歯を鳴らして歩く。

『大丈夫かよ』

大型書店の裏手で銃を抜いたチンピラを逮捕し、中央警察署に身柄を引き渡した阿仁が、ボタン型CCDカメラ兼マイクのテストを兼ねて通信してくる。

凶悪犯逮捕の補助でスコアも稼げて、上機嫌らしい。

「感度良好。画像はどうだ？」

『クリアだな。さすが、陸自から提供された最新装備だ』

ここ〈犯罪特区〉成立当初から、自衛隊は人材面でも技術面でも、かなり協力的だった。

このハイテクなCCDカメラも、軍事転用の実証実験を兼ねているのだろう。

『まもなく、ベトチのテリトリーだからね。管制室（コントロール）、記録開始』

とてもじゃないが、所轄外での違法行為は記録に残せない。なので、正式にはここからが作戦開始だった。

『記録を開始します。撮影者・長野文四郎巡査部長。オペレーション〈カウボーイ〉の状況を開始します』

　第一〇三分署の管制室はＡＩによる完全制御となっていて、これは陸自ではなく、海自からの技術提供だった。輸送船団のＡＩによる航行制御の技術らしい。本当かどうかは知らないが。

「そろそろキナ臭い。イヤホンを外す。あと、オペレーション名、ひどいな」

『はっはっは、だろ？』

　のんびりした阿仁の声を聞きながら、俺は眼の端に人の動きを捉えていた。耳を掻くフリをして、ワイヤレスイヤホンを外す。

　三人の男がぶらぶらと俺の方に歩いてきた。

　縄張りの外周を守る警備員たちだろう。

「ここは『ベトチ』の縄張りだ。出て行け」

　ベトナム語でそう言われた。高圧的な物言いだが、この一角では『ベトチ』は最大勢力なので当然と言えば当然だ。独自の流通経路を確立し羽振りもいい。

「ファ……ファム・バー・チェットさんに、あ……会いたい」

　わざとどもりながらベトナム語で返す。動揺している風に見えただろうか？

　こいつらが、ベトナム語で話しかけて来たのは、最初のテストみたいなものだ。他の言語をしゃべったら、警戒度があがるという寸法だ。

「あ？」

三人のうち、一番体格がいい男に、俺はいきなり殴られた。

予備動作は見えていたので躱す事は出来たが、わざと殴られてやる。

よろめいて尻もちをついた。間髪を入れず鳩尾に蹴りが入った。これも予測できたので、腹筋に力を入れ、微妙に角度をズラして筋肉で受ける。その上で、げぇげぇとえずいてみせた。

別の男に背中を蹴られて、俯せになる。地面に押さえつけられて、ホルスターからガバメントを没収された。

「か……かえしてくれ」

返事は顔面への蹴りだった。

リュックサックも没収される。ひきずり立たされて、腕を捻りあげられ、俺は三人に連行された。

ダラダラと流れる鼻血を、拭うことすら許されなかった。

半ば引きずられるようにして連行されたのは、豊海水産ふ頭の突端にある冷凍倉庫群だった。

以前は企業の持ち物だったが、〈犯罪特区〉が制定されると撤収の憂き目に遭っている。

かつては巨大な冷凍倉庫が稼働していて、隅田川を挟んで対岸には浜離宮が見えた。

元・東京都交通局豊海水産ふ頭操車場の広い空間が他の勢力との緩衝（かんしょう）地帯になっていて、ベトチの本拠地になっている倉庫群を本城とするなら、空堀の役割を担っているらしい。背後は隅田川で、なかなか防備が堅い場所に彼等は本拠地を構えていた。

倉庫群の脇はちょっとした入り江になっていて、何隻かの高速艇が係留されていた。

俺が注目したのは、潜水艇だった。南米の麻薬カルテルがアメリカへの密輸に使う、水面すれすれに船体を隠す『半潜水艇』ではなく、『コロンビア革命軍（FARC）』が二〇一〇年頃、ロシアからの技術供与で開発に成功した本格的な潜水艇だ。

アメリカ麻薬取締局（DEA）やアメリカ国防情報局（DIA）が、麻薬犯罪への利用やテロ組織への供与を懸念していた代物。どうやって手に入れたのか知らないが、ベトチが急速に勢力を伸ばした背景の一つが理解出来た。

この〈犯罪特区〉の周囲は海上保安庁と第一〇三分署が協働して海上封鎖を行っているが、一向に物流が減らないわけだ。

あとで、この潜水艇の事を風間・丹生組が把握していたのか、確認をとらなければと、頭の中にメモする。

三つある元冷凍倉庫のうち、海岸縁にある一棟に俺は連れ込まれた。

冷凍施設が運び出された体育館を思わせる広い空間で、クレーンなどが設置されていたであろう鉄骨の梁（はり）の上に、バラック小屋があった。

俺は、土剝き出しの床に乱暴に突き飛ばされて這いつくばった。

やっと袖で鼻血を拭う。もう出血は止まっていて、乾いた血がパラパラと地面に落ちた。

三人の警備員が後方に下がる。天井の照明は、何ヵ所か電球が切れていて、暗がりがあるが、そこから出て来たのは、白いアオザイを着た息を飲むほどの美女と車椅子の男。アオザイはベトナムの民族衣装で、正装にも使われる。アオは『上着』、ザイは『長い』という意味だったか。

車椅子の青年は、ファム・バー・チェット。『ベトチ』の首領だ。

「池袋で暴れたって？」

日本における〈研修中〉の事故で障害を負ったと、資料にはあった。

研修生受け入れ企業が、ろくにレクチャーもせずに危険な工事現場で働かせたのが原因だ。研修とは名ばかりで、外国人労働者を安価な労働力として雇い、そして外国人技能研修の助成金をせしめるという悪質な雇用主が、制度が始まった当初には多くいたのだ。備品を盗んだり、真面目に働かなかったりする他の外国人労働者に比べてベトナム人は真面目だったので、人気があったそうだ。ファム・バー・チェットも、そんな雇用制度の一期生だった。

不屈のファム・バー・チェットは、賠償金を得るまで脅しにも屈せず、示談金を手に入れる。それをタネ銭に始めたのが、非合法の輸送会社だった。

「真弘幇の野郎ども、金を踏み倒しやがった。なめやがって」

　真弘幇は約束を平気で破るクソ野郎集団なので、弱者の金を踏み倒すのは日常茶飯事だ。首領の山田の禿げ野郎は典型的な『小皇帝』で、甘やかされたガキがそのまま大人になったような人物だった。

「それで、チャカ持って殴りこんだのか？　その後どうなるのか考えもせずに？　危機に対するイマジネーションが出来てないんだよ。馬鹿だな」

　声も無くチェットが笑う。馬鹿にされるのはいい傾向だ。警戒が薄れてきた証拠だから。俺は、わざと悔しそうな、泣きそうな顔を作ってチェットを見返した。

「出身は、ラオスエンだって？　ガキの頃に二年ほど住んだ事があるぜ」

　短時間で、どうやって俺が演じているミンの出身地を調べたのかわからない。おそらく真弘幇の情報を窃視(せっし)する技術があるのかも知れない。

　それにしても、チェットがラオスエンに住んだ事があるとはリサーチされていなかった。場合によっては命取りになる風間のミスだ。チェットのブラフの可能性もあるが、まだ完全には俺への警戒を解いていないということだろう。

「懐かしいぜ、浮桟橋の管理人の婆さん、元気か？」

　罠(わな)だ。やはり親しげな態度は偽装で、チェットはこっちを疑っている。

「アンさんは、女装しているだけで男ですよ」

ラオスエンの名物男で、娯楽の少ない郊外の田舎では格好のからかいの的だった。

ただし、男女兼用のアンという名前とその服装によって、旅行記などでは女性と勘違いしたまま記載されている事も多い。もちろん、ガイドブックなどには載っていない情報だ。

「そうだった、そうだった」

また声も無く笑うチェットの眼は笑っていなかったが、ふっと空気が変わる。親しげな感じから一線を引いたような冷たい感じに変わったのだ。

「上納金、二百万円受け取った。金の出所も気に入った。我らは地縁組織だが、ギリギリ範囲に入れてもいい。早晩、仕事を割り振るが、今日は着替えて休め。『ベトチ』はお前を歓迎する」

これが、組織の首領としてのチェットの「素」なのだろう。つまり俺のテストは終わり配下になったということだ。

「ありがとうございます」

深々と頭を下げる。車椅子のキィキィ鳴る音が遠ざかるまで、俺は頭を上げなかった。

そういえば、車を押すアオザイの女性は一言もしゃべらなかったことに気付く。

俺はゆっくりと立ち上がり、手と膝についた土を払った。

ぱちぱちぱちという音が聞こえた。

どうやら集会場として使われるらしいこの広い空間の入口に、貧相な男が立って拍手をしているらしい。

「テスト合格おめでとう。死体の処理をしないで助かったぜ」

掠(かす)れて高い声。手を胸の前でこすり合せる仕草といい、痩せて尖った顔つきといい、まるで人間がネズミに化けているような男だった。

「おれはチャン・ヴァン・バイックだ。ここの管理と新人の住居の割り振りを任されている。日本の会社で言えば総務課だな。わかるか？　総務課」

「わかる」

※　※　※

俺に割り当てられた部屋は個室だった。個室といっても、海上輸送用の10フィートコンテナの扉を一つ外してカーテンに替えただけのものだ。

間口は約三メートル、奥行きと高さがだいたい二メートル五十センチほど。窓は無く、無理やり開けた穴に換気扇がはめてあるだけだ。

家具は折り畳み式の簡易ベッドと机代わりの木箱。木箱は私物を入れるストッカーを兼ねているらしく、南京（なんきん）錠がついていた。木箱の上に俺のガバメントが返却されていた。それを、腰裏のヒップホルスターに納める。

ここは閉所恐怖症の奴なら息が詰まるようなスペースだが、キャンピングカーで旅を続けていた俺には十分な空間だった。

集会場になっているのは、第一棟。その隣が第二棟で、宿舎と倉庫を兼ねている。緩衝地帯である駐車場を望む第三棟は、作業スペース兼防衛のための砦になっていて、警備担当の兵隊たちがそこに詰めていた。

俺はバイックに案内されながら、地形を頭に叩きこんでゆく。

体格に恵まれた丹生が配属されたのは警備担当の武装砦である第三棟だったので、俺が配属された内勤のスペースである第一棟、住居スペースである第二棟の画像情報は、新規情報として第一〇三分署のＡＩに蓄積されているだろう。

コンテナハウスは横十個、縦三個に積み上げられたものをワンブロックとして、それが三列、内勤者の宿舎に当てられた第二棟の一階に設置されている。このフロアだけでも最大九十人がいるということがわかる。

古参の構成員は、出入りが楽な一番下を確保していて、上に行くほど新入りになる。

俺はもちろん、一番上に充てられた。梯子（はしご）を登るのが地味に面倒くさいが、新入りの扱いなどこの程度だろう。

　コットに横になるふりをして、盗聴器の有無を確認する。探知機で確認をしないと確実なことは言えないが、多分ここには仕掛けられていない。地縁組織は互いの信頼関係が強みであり、弱点だ。一度入り込んでしまえば潜入捜査は楽だ。

　隅田川の臭いがしみつき、生乾きで悪臭を放つ服を脱ぐ。防弾チョッキと同じ素材であるアラミド繊維で作られたリュックサックから、小さく畳んでビニール袋に入れた予備の服に着替えた。

　住居スペースの隣に、シャワー室とランドリーがあった。空いている洗濯機に生乾きの服を突っ込み、備え付けの洗剤と柔軟剤を入れる。

　こうした細々（こまごま）とした備品を揃えるのが『総務課長』のネズミ男ことバイックの役割で、俺は彼の下に就く。

　俺は散歩の態を装って、俺が上陸した『勝どき五丁目親水公園』にぶらぶらと歩いてゆく。このあたりにも中小の麻薬密輸組織があるが『ベトチ』とは友好関係にあるので、安全だ。このエリアで『ベトチ』と敵対すれば、排除の対象になる。

　それより、下請けとなって仕事のおこぼれをもらう方が利口だ。

　俺は歩きながら、没収されなかったワイヤレスイヤホンを耳に嵌（は）める。尾行の有無も確認したが、大丈夫そうだ。

　潜入は上手くいったらしい。

「潜り込んだ」

口を動かさずにぼそっという。

『見てたぜ。チェットの後ろにいた女すげぇ美人だったなぁ。おっぱいデカいし。最高だ』

阿仁の声が聞こえた。ガンという打撃音は風間に殴られたのだろう。

「リサーチが甘い。命取りになるぞ」

『わりぃ、わりぃ。丹生でも調べ切れなかったんだ』

風間が悪びれることなく、棒読みで言う。

「まぁいい、貸しだからな」

『悪かったってば』

ジャンキーと売人のたまり場になっている『勝どき五丁目親水公園』に到着する。

俺は隅田川の畔まで降りて、手摺に結びつけた細引きを手繰り寄せる。細引きの先には防水ケースがあった。俺が、このどうしようもない場所を上陸地点に選んだのは、ジャンキーも売人も、好奇心が欠如しているから。

ジャンキーは薬の事しか考えていないし、売人は薬を買いそうな人物にしか興味がない。

「どこに配属されるか、運だったが、上手く内勤になれた。総務部だとよ」

『物資の流れを探れるな。あとは、銃器の輸入担当に近づければ、上出来だ』

小倉が上機嫌な声でいう。『ホセ・カルテリト』の背後にいるはずの、武器の供給者を探らなければならない。それは、俺の主目的である『決闘者』につながっているはずだ。

防水ケースをポケットナイフで裂く。油紙に包まれたずっしりと重たい袋を、簡易防弾チョッキにもなるリュックサックに入れる。

防水ケースと細引きはひとまとめにして、敷石の欠片（かけら）を結わえ付けて、隅田川に捨てる。

『おまわりさぁん。不法投棄やってる人がいますぅ』

阿仁がおちゃらけて、そんなことを言っている。こういうのは無視するに限る。

用が済んだので『勝どき五丁目親水公園』を後にする。上陸時に俺を指差して笑っていたジャンキーの女が倒れていた。

泡を吹いた痕跡が口の周りにあり、かっと見開いた眼球には蠅が這っている。

誰も彼女を見ない。まるで存在していないかのように。

「デトロイトよりひどいな……」

彼女に片手念仏を送り、宿舎に戻る。洗濯も終わっている頃だろう。

リュックをゆすり上げる。そこに納まっているのは、俺の最も信頼する相棒『コルトSAA』だった。

第六章

イリーガルな物流を担い急成長した『ベトチ』の内勤は、想像以上にシステム化されていた。

ベトナム人の気質は「器用」「勤勉」「向学心旺盛」が特徴だが、この犯罪組織の運営においてもそれらが犯罪の方向に発揮された形だった。

仕入れのオペレーティングシステムがあり、これは大手物流メーカーを模倣したものだった。『研修』で学んだノウハウがここに生かされている。

受注管理システムがあり、専門のオペレーターがいて、仕入れ担当、納品担当と、完全分業化されている。

丹生が配属されていたのは納品部門で、ここは通常二人一組で行動し武装している。

わざと輸送車には『ベトチ』とわかる徽章〈ハスの花を咥えたツリスドリ〉が大きく描かれている。

〈犯罪特区〉内では特に輸送車が襲われるものだが、『ベトチ』の徽章が描かれた輸送車は襲われない。警備部門の構成員が犯人を見つけ出し、関係者全員を必ず殺すからだ。

こうした「断固たる対処がある」ということを周知徹底したからこそ、『ベトチ』は現在の「最も信頼できる運び屋」という地位を築いている。

『ベトチ』の徽章で擬態することも許さない。『ベトチ』に成りすまして安全をタダ乗りする者が増えると徽章の信用度が下がるからだ。このあたりは、アメリカのモーターサイクルギャングの革ジャンの紋章の在り方に似ている。無許可で紋章を使った者は殺される。

俺は、内勤の物流管理を裏で支える、『ネズミ男』ことチャン・ヴァン・バイックのアシスタントということになった。

備品補充や設備管理や福利厚生を担うセクションだが、こんなエリアで福利厚生なんかがあったことが驚きだった。

ベトナム人は誇り高い。なので、犯罪多発地域であっても「奴等とは違う」という一線が引かれているのかも知れない。

バイックはネズミのようによく動き働く。ちょっとした電気工事なら自分でこなすし、器用だ。ベトナム人気質の「器用」がよく表れていた。

それによくしゃべる。侮(あなど)られる外見だが抜群に記憶力がよくて、会話には緊張感があった。矛盾(むじゅん)したことをうっかり言えないので疲れる。

彼の下に就くのは一種の試用期間で、ボロが出るかどうか観察されているのかもしれない。丹生に入り込まれたのが、よほど頭に来ているのだろう。それを、コロンビアマフィアに助けられたというのも、首領のチェットのプライドが傷つくことだった。

俺は不器用で朴訥で頭の回転が遅い人物を演じながら、直接の上司であるバイックのあとについてまわる。

画像データと音声は、ボタン型CCDカメラ兼マイクを通じて特別な回線で『指令室』に送られ続けているはずで、ほぼ謎に包まれていた『ベトチ』の全貌究明に役立つことになる。

施設内の伝達は、昔ながらの電話機が使用されている。おそらく、施設内では無線妨害装置が作動しているのだろう。

ボタン型CCDカメラ兼マイクはそれをどうやって回避しているのか分からないが、最新式の軍備の実証実験の片棒を俺は担がされているわけだ。近代戦では、通信の攪乱から入るのは常識なので、そういった技術が防衛省では研究されているのではないか。

社員食堂まで施設内に存在し、俺とバイックはやっと遅い休憩に入った。時刻は既に十三時を回っている。くるくるとよく働く男だ。容貌もあいまって、ホイールを一心不乱に回すネズミを俺は連想した。

調理専門の従業員が三交代制で勤務していて、二十四時間いつでもここで安全で温かい飯が食える。

北ベトナムの家庭料理である菜の炒めたものと米、もしくは米粉を使った麺やライスペーパーで食材を包んだものが選べる。温かい汁ものが必ず付くのもベトナム風だった。

正直に言うと俺はパクチーが苦手だが、表情を変えずに食べていた。ベトナムでは一般的な香草で、苦手とするのは少数派だからだが、これが地味に辛い。

食べている間も、バイックはよくしゃべる。俺は自分の皿を奴の口からの飛沫から守るために、やや抱え込むようにようにして食べていたのだが、

「取りゃしないよ。ミン君は貧しい場所で育ったんだな」

などと、変な勘違いをしていた。警戒されるより馬鹿にされる方が潜入捜査には好都合だ。

やっとの思いで、パクチー入りの野菜炒めを食べきりながら、

「ところでバイックさん、大口の輸送任務はあるのですか？」

バイックに質問する。ネズミじみた顔に猜疑(さいぎ)の表情が浮かんだが、すぐに笑顔で覆い隠した。

やはり、俺の入団試験みたいなものは、まだ続いているのだろう。

「ミン君は仕事熱心だね。ホセ・カルテリトから、質のいいベレッタ拳銃の非正規品が入ってくることになっていて、東京湾沖で受け取ることになっているなぁ」

「非正規品？」

バイックが腰の裏のヒップホルスターから、ベレッタM9を抜き従業員食堂のテーブルに置く。安全装置を確認し、銃口を誰もいない場所に向けて置くところをみると、銃の扱いには慣れているようだ。

「刻印が、薬品で溶かされているだろ？　いわば名無しの銃だがフィリピンの粗悪なサタデーナイトスペシャルと違って高品質でしかも格安なんだ」

アメリカ軍の制式拳銃がベレッタM9からシグザウエルM17に更新されているが、その過程で廃棄予定になっている大量のベレッタM9が行方不明になる事案があった。その末端がコレなのかも知れない。この手口、アメリカでも見たことがある。

アメリカ陸軍犯罪捜査司令部（CID）とアルコール・タバコ・火器及び爆発物取締局の合同捜査で拳銃密売を摘発したことがあった。まだコネが残っているか、あとで確認をとってみようと頭の中にメモする。

「今回の荷はコイツと同じベレッタM9を五十丁だ。東京湾沖で『ホセ・カルテリト』から荷を回収したら、一旦ここに運び込んで、仕分けされて各地に運ばれる」

意図的に「ベレッタM9入手」の噂を流してあり、既に複数のオーダーが入っているようだ。

つまり五十丁もの銃が、日本国内に流れることになる。その銃は犯罪に使われ、誰かが死んだり傷ついたりする。

「商売の妨害を狙って『セブ』が襲撃を計画しているらしい。ブツがはけるまで、暫く忙しいぞ」

※　※　※

組織の虎の子、潜水艇が出航するのを俺たちは見送った。

南米の麻薬カルテルなどの密輸の手口だが、こんなのを使われたら、いかに優秀な日本の税関でもお手上げだ。海上自衛隊でもなければ、潜水艇は追尾出来ない。

荷の受け渡しは、公海上。海上保安庁による臨検も不可能。

東京湾海底谷の深深度を通ってランデブー場所に行き、違法に持ち出された日本円と麻薬や銃などの荷を交換し深海を通って帰ってくる。

メンテナンスなどのコストはかかるし、整備や操縦などは専門のオペレーターが必要だが、それに見合うだけのリターンはある。

今回『ホセ・カルテリト』から仕入れた拳銃と9ミリパラベラム弾は〈犯罪特区〉内の組織に一ヵ所、特区外のヤクザや外国マフィア五ヵ所に十丁ずつ販売する。

シリアルナンバーを消した違法品だが、ベレッタ一丁の仕入れ価格は四百五十ドル。およそ六万円だ。これはアメリカでの正規品の値段に近い。

これを『ベトチ』は一丁三十万円で売る。ダークウェブなどで取引される日本の拳銃市場では、メーカー品で単価五十から七十万円。安価な『セブ』の模造拳銃だとその半額といったところか。

いつ暴発するかわからない粗悪な『セブ』の拳銃と『ベトチ』が卸す質のいい拳銃。同じ値段ならどっちを選ぶか、馬鹿でもわかる。

仕入れ値が安いこともあり、『ベトチ』は今回の取引で一千二百五十万円の粗利になる。なるほど、潜水艇を維持管理できるわけだ。

「銃は、そんなに数が出ないからね。継続的に儲かるのは、弾なんだよ」

バイックが、自分で考えたビジネスでもなかろうに、俺に自慢する。

「よく使われる9ミリパラベラム弾の仕入れ値は五十発入りのカートンで五十ドル。日本円で約七千円だね。これが二万五千円で飛ぶように売れる。粗利で一万八千円。これが、毎日十カートン単位で売れるんだ。ここは、ドンパチが多いからね」

出っ歯を剝き出しにしてバイックが笑う。俺はお追従笑いしながら、考え込んでしまっていた。

――五十発入りカートンが五十ドルだと？

銃本体といい、弾といい、アメリカ本土の正規品に近い値段だった。これだと、『ホセ・カルテリト』は、『ベトチ』に全部利ザヤを持っていかれている計算だが、守銭奴のホセがこれを是認している意味がわからない。

　ホセにもっと安い仕入れ先があるなら理解できるが、それならさらに販売価格を吊り上げるはず。

　今の段階で考えられるのは『セブ』潰しだろう。

　儲け度外視で市場を壊して既存勢力を弱体化させるのは、なにもこうしたイリーガルな連中だけに限ったことではなくビジネスの基本だ。

　ぞろぞろと、オペレーターたちが仕事場である第一棟から生活拠点になっている第二棟に談笑しながら移動してゆく。第三棟は警備員の基地にもなっていて、第一、第二棟を安全地帯にしていた。

　いわゆる退庁時間なのだろう。ブラック企業のような『研修』を終え、こっそりと規程破りのアルバイトに精を出し、肉体と精神をすり減らしている堅気(かたぎ)なベトナム人連中と比べると、よっぽど健全に見えるのが皮肉だ。やっていることは犯罪なのだが、表情は明るい。

「新任にしては、ハードだったな。今日はここまで。第二棟の酒保(しゅほ)で一杯やってこいよ」

　なるほど『酒保』ね。日本の仕組みからドロップアウトしたベトナム人たちにとって、ここは最前線基地ってことなのか。戦場にいる心構え。平和ボケした日本人が敵(かな)うわけがない。

バイクからチケットを受け取る。チケットは、このコミュニティ内だけで通用する軍票みたいなものか。

「ありがとうございます」

俺は礼を言って、そのチケットを受け取る。

「早く、ここに慣れるといいな」

親しげに俺の肩を叩き、バイックが事務所に戻っていく。俺を案内することで後回しになった仕事をこなしにいくのだろう。容姿はネズミみたいだが勤勉で真面目。誇り高きベトナム人の典型だ。

チケットをポケットに突っ込み、俺はぶらぶらと『勝どき五丁目親水公園』に向かう。

荒れ果てた公園の草むらがごそごそと動いている。何かを奪い合うカラスの姿だった。

俺に驚いて、ぎゃあぎゃあと鳴きながらカラスが飛び立った。未練たらしく夕闇迫る空を旋回している。

カラスどもが群がっていたのは、あのジャンキー女の死体だった。

服を着ている人間は、顔面から喰われる。両目は虚ろな穴になっていて、唇はカラスの嘴に引き裂かれて、ニヤニヤ笑いのようになっていた。腐乱臭がひどいが、この公園に来ているジャンキーも密売人も気にならないらしい。ここは、本当に日本なのだろうか？

俺は、死体の風下を避けてぐるっと迂回し、運河の錆びた手摺によりかかった。

コミュニケーションツールとしてポケットに入れていたマルボロを取り出す。封を切り五年ぶりにタバコを咥え、古くて凹(へこ)みだらけのジッポーで火をつけた。このジッポーは数少ない父の遺品だ。かるくむせながら、紫煙(しえん)をくゆらせる。こうでもしていないと、腐乱臭を思い出しちまう。

咥えタバコのまま、ポケットからワイヤレスイヤホンを取り出して嵌める。

「聞いていたか？」

俺の問いに、すぐ風間から返事があった。ずっと俺のボタンから音声と映像を拾っていたようだ。

『収穫あったね。あんたの上司のバイックって野郎、スコアボーナス付だぜ』

スコアボーナスは、生死にかかわらず仕留めたらスコアに大きな加算がある人物のこと。凶悪犯や市民の敵とみなされる人物につけられる賞金みたいなモノだ。

「ネズミ男は、そんな大物だったか？」

『ええと〈犯罪特区〉外で、盗品を売りさばく故買屋(こばいや)の元締めをしていたみたいね。もちろん、オーバーステイ。お仲間には手癖が悪いのが多いから、見せしめで何人か殺しているみたいよ』

人がよさそうに見えて、やはり犯罪者は犯罪者だ。少しだけバイックに友情を感じてしまった自分の甘ちゃんさ加減に反吐(へど)が出そうになる。

「銃の仕入れルートのヒントが手に入るかも知れない。アメリカ陸軍犯罪捜査司令部に連絡(ツナギ)をつけてくれ」

『一介の警察官に、んなことできっかよ』

風間が言う。警視庁は日本最大の組織とはいえ、地方警察の一つに過ぎない。警察庁に頼めば出来るかも知れないが、俺が警察庁と繋がりがあることは、まだ知られない方がいいだろう。

風間が近くにいるらしい小倉と阿仁にコネがあるかどうか聞いていた。二人はアメリカ海軍犯罪捜査局(NCIS)との区別すらついていないようだった。

俺は秘密の電話番号と、符牒を風間に告げた。アルコール・タバコ・火器及び爆発物取締局との合同捜査の時に定めた緊急連絡のための回線だ。まだ、生きているはず。

『どこにつながんだよ？　オカルトじゃあるめぇな？』

「ジョン・スミス少佐という人物につながる。保護された回線で俺と会話できるようにしてくれ」

『あ？　ジョン・スミスだぁ？　日本で言えば「田中太郎」みたいなものじゃんか。偽名くせぇな』

俺もそう思うが、ジョン・スミス少佐は実在する。

「とにかく、俺が言った手順で連絡をとってくれよ」

『てめぇ、担ぎやがったらタダじゃおかねぇからな』

俺の依頼に毒づいて風間が返事をした。言葉の汚い奴だ。

「貸しがあるんだよ。借りる相手は選ばないとな」

舌打ちを残して、風間との通話が切断された。俺は、短くなったマルボロを地面に落として、靴で踏みにじる。清潔な日本。おそらくここは、吸殻一つ落ちていなかった公園だっただろうに、今はゴミだらけだ。

覚醒剤用の注射（ポンプ）までそこら中に落ちている。そういえば、腐乱死体まであることを思い出してしまった。

鼻の奥で再現されるあの臭いを消すため、もう一本マルボロを出して咥える。まったく、五年の禁煙が台無しだ。

※　※　※

――アメリカ陸軍で廃棄されたはずのベレッタM9が出回っている。

そんなレポートが提出されていた。

「冗談じゃない」

紙の束をデスクの上に投げ捨てながら、男が吐き捨てる。

男はアメリカ陸軍犯罪捜査司令部の特別捜査官ジョン・スミス少佐。この名前も身分もニセモノだ。陸軍内にある組織犯罪を摘発するために作られた仮想人格である。人を殺せる技術を持つ連中を相手にする場合、こうした仮想人格に移し替えないと、組織犯罪担当の捜査官はいくつ命があっても足りない。

とはいえ、メキシコマフィアの息がかかった軍隊内の組織を壊滅させた時点で、ジョン・スミス少佐という人格は役割を終えて封印したはずだった。それが復活させられてしまった。日本の警視庁からの連絡のせいだ。

軍内部での物資の横流し事案は皆無とは言えない。アルコール・タバコ・火器及び爆発物取締局との協働作戦で、追跡したこともある。だが、アフガニスタンでの戦闘が一段落し、物資の流れが戦時のそれでなくなった時点で大規模な組織犯罪は縮小し、潜在的犯罪者はほぼ検挙した。

それが、大掛かりな銃器密輸事件に関連を疑われる事案が日本から情報提供され、アルコール・タバコ・火器及び爆発物取締局の潜入捜査官しか知らない符牒を送りつけられてしまった。無視することは不可能だ。握りつぶしたり、拒否すれば、重大な規程違反になってしまう。

組織犯罪対策は、捜査官同士の相互の信頼が不可欠だ。その信頼を損なうわけにもいかない。

符牒は、ジョン・スミス少佐を伝説の捜査官に押し上げたメキシコマフィア『友人』壊滅の立役者『サムライ』こと長野文四郎しか知らないものだった。

アフガニスタンに送られる物資、特にモルヒネと銃器と銃弾を組織的に中抜きしていた『友人』は、年間一千万ドルは荒稼ぎしていたが、『サムライ』の潜入捜査によって、密売ルートも取引先も主要幹部も全部丸裸になり、その手柄は全てジョン・スミス少佐のものになった。

つまりジョン・スミス少佐は『サムライ』には大きな借りがあるのだ。

仮想人格の使用許可の決裁を書き、上司に提出をしながら審査のための資料を準備する。五十丁単位の銃の密輸が同盟国である日本に流れていると知れたら、捜査局の偉い連中はいい顔をしないだろう。こういう事案は、後々大きなビジネスへと成長するものだ。それは避けたい。

海軍の捜査員は専門家で構成されているが、陸軍の捜査局は軍人が兼任している。意思伝達は速いが、柔軟性に欠ける。こうした想定外の事案はモメて責任の押し付け合いになるのが常だ。

ジョンの脳裏に『サムライ』のいかにも東洋人らしい顔が浮かんだ。人のよさそうな曖昧な笑みを浮かべながら、執念を内に秘める男だった事を思い出す。

捜査に協力するのは、連続殺人犯『決闘者』を殺すため。

「そのためだけに、今度は日本に行ったのか？」

ジョンからため息が漏れた。とにかく、陸軍からの横流し品ではないことを証明するため、アメリカを離れて日本に出向しないとダメかもしれない。

検討会の結果によっては、横須賀のアメリカ海軍犯罪捜査局に間借りすることになるだろう。

「あの連中とはソリが合わん、今から気が重いぞ。くそ、サムライめ！」

気楽な内勤は終わり、潜入捜査の支援という、胃が痛くなる勤務に気持ちを切り替えなければならなかった。

久しぶりに、限られた人物しか見る事が出来ない決裁文書を作る。同時に、アメリカ陸軍の文官オリバー・ウッズ少佐からジョン・スミス少佐に心を書き換えていく。

アフガニスタンの任務から帰ってきたと信じている妻と息子二人のことが、チラリとオリバー・ウッズ少佐の脳裏に走ったが、これから演じるジョン・スミス少佐は家族がいない孤独な人物だ。その人物になりきる。心の中の家族の肖像は消えていった。

決裁文書を書きあげた頃、オリバーの精神は『ジョン』に書き換えが完了していた。

家族には『急な任務で韓国に派遣されることになった』という、軍からの通知が行っているはずだ。これで家族は守られる。

オリバーの妻は、代々軍人の家系。疑問を挟む事も、夫の不在を嘆く素振りも見せない。心の中はどうであれ。

オリバーが勤務する事務所は、第一次世界大戦時に『陸軍省』が存在した、ワシントンDCのナショナル・モールの片隅にあった。

表向きは「傷病兵を支援する」という名目の兵士のメンタルヘルスやリハビリを管理する軍直営の団体『支援センター』という団体。その実態は、アメリカ陸軍犯罪捜査司令部の組織犯罪対策専従班の司令室だ。単に『管理(マネージメント)』と呼称される秘匿された部隊。

たくさんの観葉植物が飾られ、オレンジとベルガモットのアロマが焚(た)かれ、ノーマン・ロックウェルの郷愁(きょうしゅう)を誘う絵のレプリカが壁にかかり、まるで病院の心療内科の雰囲気を醸(かも)している。その『管理』の責任者フランクリン・ドーセット大佐が、相変わらず穏やかな笑みを浮かべながら、ジョン・スミス少佐を待っていた。

「おかえり、『ジョン・スミス』君。私も久しぶりに『フランクリン・ドーセット』氏に戻ったよ」

自分同様『管理』に引き戻されるのは不満だろうと思い、用心深くジョンはフランクリンの表情を観察した。昔からそうなのだが、やはり微笑の仮面の下は読むことが出来ない。銀縁眼鏡に陽光が反射して、眼を覗き込むことも出来なかった。

「以前、我々と協働した作戦で組んだ、アルコール・タバコ・火器及び爆発物取締局の工作員『サムライ』から極秘回線で連絡がありました。当局にも確認をとったのですが、日本の警察庁との正式な作戦行動でした。なので、作戦内規に照らしてご報告した次第であります」

一気にすらすらとジョンが言う。やはり、フランクリンの表情は動かなかった。

「陸軍の関与が疑われていること自体、とても不快だ。日本に行って、我々の無実を証明してきてくれ。万が一、本当に関与があった場合は……」

フランクリンに最後まで言わせず、ジョンが言葉を継ぐ。

「善処いたします。つきましては、『ボブ』をお貸し頂きたいのですが？」

ため息がフランクリンから漏れる。

「彼を使うことになりそうか？」

「万が一の時のための、セーフティネットです」

フランクリンは、机の引き出しを開けて書類を一枚出す。

そこにポケットから出した万年筆でサラサラとサインをした。

「彼は今でもカンザス州レブンワースですか？」

「懲役百五十年の判決だからね」

アメリカ陸軍の場合、軍法会議で士官及び七年以上の懲役の判決を受けた兵士は、カンザス州にある『アメリカ陸軍教化隊(きょうかたい)』に収容される。そこで更生のための教育を受けるのだが『ボブ』に関しては、外に出さないための処置である。

フランクリンが、サインした書類を机の上を滑らせるようにして、ジョンに差しだす。

ジョンはその書類を受け取ってしげしげと眺めた。

「懲役七年の期間短縮ですか？」

「それくらいが、妥当だろう。まだ百二十三年残っている」

「実際、出番があった時は？」

「更に五年短縮してもいい」

ジョンが二歩下がって敬礼する。フランクリンはジョンを見ずに答礼した。

「では、さっそく」

「うむ」

※　※　※

日課である朝の散歩を終えて、ボブ・スワンはいつものベンチに座った。

拷問のような道徳教育の時間を終え、居眠りしていなかった証拠としてのレポートを刑務官に提出し、何の味もしない昼食を食べ、ボブにとってやっと一息つける時間だった。

いつでも動けるように、身体は調整しつづけている。ここに酒はないが、もともと好きではないので苦痛は感じない。タバコも吸わない。だから、喫煙が許される自由時間までイライラすることはなかった。

『伝説のスナイパー』『千メートルシューター』『針』など、ボブには異名が多い。イラク、アフガニスタンでは、ヒーローだった。狙撃で敵を殺し、味方を多く救った。

だが、味方の士官の頭を吹っ飛ばしたことで、全てを失ってしまった。何度も脱走し、家族に会いに行った。だが、妻も子供二人も、ジャンキーに殺されてしまった。

スワン家の唯一の生存者。末っ子の三男は里子に出されて、その行方は犯罪者であるボブには知らされなかった。

ボブの家族を殺した犯人は、両手両足を対物ライフルに飛ばされ、イモムシのように這いずりながら出血多量で死んだ。麻薬を卸していた麻薬カルテルのメンバーは全員、上から順番に一人ずつ殺された。麻薬カルテルの面倒見(ケツモチ)をしていたデトロイト市警の警察官七人も全て狙撃されて死んだ。

アメリカ陸軍犯罪捜査司令部の捜査官が逮捕したとき、ボブは抜け殻のようになっていた。そうでなければ、彼を捕らえることなど出来なかっただろう。

彼の身柄は『管理』が引き取ることになった。唯一生き残った末っ子の情報が、彼との取引材料になる。

ボブは『管理』いいなりの殺人マシーンにされていた。

淡々と日課をこなし、ひたすら待機しているのは、末っ子トミーの消息や、盗撮された写真を得るためだった。

トミーは彼のたった一つの希望だ。『アメリカ陸軍教化隊』を退所出来れば、父親だと名乗ることは出来ないが、近くに住んで、トミーの成長を見守ることが出来る。

なので、刑期が短縮される『管理』の仕事は歓迎だった。ボブに出来るのは、照準の十字(レティクル)に対象を捉え正確に撃つことだけ。その腕を鈍らせないよう、教化隊では例外的に狙撃銃の使用を許されている。

もう脱走の心配はなかった。ここに留まり続けて国のために働かないと、トミーの消息は摑めないから。証人保護プログラム並みにトミーの所在が秘匿されているのは、組織犯罪とボブが敵対したため。そうなると、ボブでもトミーの消息を探るのは不可能だ。

いわば、ボブは国にトミーを人質にとられているような状況なのだ。

「おい、『管理』から、ジョン・スミス少佐が来るらしいぞ」

看守や収容されている兵士に、ボブによって戦地で救われた者が多く存在する。それらが、ボブの耳目となって隊内に情報網を確立していた。些細(ささい)な情報もボブの耳に入る。

「そうか、仕事は歓迎だ」

ボブのベンチに座った大男にそう返事をする。

この大男は、アフガニスタンでタリバンが外貨獲得のために備蓄していたハシシを押収して秘匿。現地で人を雇って売りさばいていた悪党だった。こんな男でも、撤退戦で援護してくれたボブには感謝していて、無償で情報を集めてくれる。悪党には悪党の仁義があるのだ。

ボブは独房に戻り、数少ない荷物を整理した。

壁に貼ってあるよちよち歩きのトミーの写真を丁寧に剝がして、口づけをしたあと、防水のパウチに納めてポケットに入れた。

第七章

公海上で荷の受け渡しを終えた潜水艇が帰還した。潜水艇が帰ってくるまでの間、俺は細々とした備蓄品の管理と施設内の整備といった仕事に明け暮れていた。

俺の研修期間は三日で終わったようで、上司のバイックと手分けして作業するようになっている。

俺との日常会話や俺が演じているミンという男の故郷とされているラオスエンの話は、何度か繰り返された。バイックの記憶力はかなりいいので、齟齬(そご)があれば俺の嘘はバレる。

緊張を強いられる三日間だったが、『ベトチ』の裏入団試験のようなものだったのだろう。俺はボロを出さずに済んだようだ。おかげで勤務先の第一棟、宿舎がある第二棟を自由に動き回る事が出来た。

俺のボタン型ＣＣＤカメラ兼マイクで盗撮し録音した映像や音声は、第一〇三分署のサーバに蓄積され、『ベトチ』の全容解明に役立つはずだ。

意図的に流された「新品同様のベレッタM9が入荷した」と言う噂は、アンダーグラウンドで反響を呼び、たちまち買い手がつく。9ミリパラベラム弾も飛ぶように売れた。

気に入らないのは、人民解放軍の物資を横流ししている『黒社会』と銃密造の『セブ』だ。『黒社会』の動向は把握できないが『セブ』は我慢の限界を迎えたらしく、競合組織である『ホセ・カルテリト』の販路を担う『ベトチ』の荷物を強奪する計画を立てているらしい。

がっつり武装していて、構成員の戦闘練度も高い『ホセ・カルテリト』と、ことを構えるより『ベトチ』の方が与しやすいという判断だろう。

ここ〈犯罪特区〉において『ベトチ』はロジスティクスの最大手だが、今や大口契約者となっている『ホセ・カルテリト』から信用を失えば、痛手どころでは済まない。

犯罪者どもにとって、力こそが全てで、弱い者は喰われて搾取されるだけだ。なので、もちろん『ベトチ』は『セブ』の挑戦を受けて立つ構えである。

まず、手始めに『セブ』絡みの流通を遮断した。同時に、情報戦も始まっている。密偵を送りこんだり、内部に離反者を作ったりしている。

俺の入団試験で、『ベトチ』の首領ファム・バー・チェットが直接試験官として登場したり、バイックに裏をとらせたりしたのは、『セブ』側の密偵の侵入を警戒してのことだったというわけだ。

俺の上司バイックがこっそり俺に漏らした情報によると、『ベトチ』の総力戦ということだ。

そもそも『セブ』とは組織の規模が違う。『ベトチ』の構成員は約百五十人。『セブ』は約千人と言われている。真正面から戦っても勝てるわけはない。

「首領は、何度もこうした危機を跳ね返している。今回もなんとかするさ」

そこが、ベトナム人のすごいところだ。困難に怯まない。立ち向かう団結力もある。さすがアメリカと殴り合って勝った国だ。

「おそらく、臨時総会がある。銃の手入れをしておけよ」

この三日でバイックの印象もだいぶ変わった。ネズミに似た侮られる異相だが、この男は優秀だった。そしてプロの犯罪者でもある。組織に忠誠を誓い、新参者の俺をずっと疑っている。

「返してもらっただろ？　コルト・ガバメント。古いが強力で信頼できる銃だ」

バイックが指で拳銃をつくって俺に向け、バンバンと口で発射音を模する。彼のおどけた仕草は彼の偽装だ。侮られていた方が色々と楽だと学習しているのだろう。

俺は、飛来した弾丸をキャッチした仕草をして笑う。バイックもけくけくと笑ったが、その眼は笑っていなかった。

昼休みに外出する。世界最悪まで治安が悪化した〈犯罪特区〉で、まともな勤務時間になるというのも皮肉なものだ。ここで働いているかつて搾取されていたベトナム人たちの表情は明るくて、俺の意識はバグったようになっちまう。

「コイツらは犯罪者だ」

自分に言い聞かせるように呟く。ポケットからマルボロを出して咥える。凹みだらけのジッポーで火をつけた。このコミュニティは、犯罪によって成り立っている。それを忘れそうになる。

カラスに啄まれていた女の死体は、いつの間にか消えていた。コンクリートの地面に残る染みだけが、ここに死体があったことを物語っている。果たして誰が持っていったのだろうか。

スマホを取りだして、風間から指定された番号をコールする。

『やあ、久しぶりだね』

ジョン・スミス少佐の声が聞こえた。二年ぶりだが、久闊の挨拶はない。

「まだ、ジョン・スミスって名前か？」

『再びこの名前を使うことになった。いい迷惑だよ』

声に怒りが滲んでいるのがわかった。感情を迂闊に見せる男ではないので、わざとだ。

そういえば、メキシコマフィア『友人』壊滅作戦で組んだ時も、さほど友好な関係ではなかったことを思い出す。

　ジョン・スミスの部下が誤射した堅気のメキシコ人の男を隠蔽してやったという「貸し」があるだけだ。男はマフィアの銃撃戦に巻き込まれたということになっている。胸糞い悪い一件だった。

『当時のメンバーは全員、現場に戻った。恨まれているぞ、サムライ』

　ジョンが、当時の俺のコードネームで言う。

「軍仕様のM9が出たのは事実だ。あんたら陸軍は、犯人を見つけるか、無実を証明しなければならないはずだ。だから、仲良くやっていこう」

　しばしの無言の後、ジョンの深いため息が聞こえた。

『わかっているが、日本では限定的な手助けしかできんぞ』

「それでいい」

　いまいち信頼関係が危うい風間たちや、へっぴり腰のクセに情報だけを欲しがる警察庁と組むより、ジョンの方がマシだ。

『覚えているかサムライ。ボブを帯同した。俺の手駒はこれだけだ』

　昏い目をした狙撃手の姿を思い出す。たしか三回生まれ変わっても懲役が終わらない凶悪犯じゃなかったか？

「そんなヤツ、日本で逃亡されたら大変じゃないか？」

『腕のいい心臓外科医じゃないと取り出せない位置に、小型発信器が埋め込まれている。体温と脈動で発電する発信機だ。狂犬にはしっかりと首輪をつけないと、こっちが危ないからな』

狙撃の名手を犯人に仕立て上げて政敵の暗殺をしたが、逃亡した狙撃の名手に反撃されて皆殺しになるストーリーの映画があったな。

「仕入れ先と、販売先は把握できると思う。そっちにも情報を渡すよ」

『当たり前だ、サムライ』

アメリカ軍の情報部門には、秘匿された敵地に浸透する部隊があったはず。日系人だけで編成された部隊があり、日本や韓国や中国に潜り込んでいるらしい。第二次世界大戦で活躍した日系二世部隊にちなんで『４４２』というコードネームがついているとか。これらを使う気だろう。

「近日、フィリピンマフィア『セブ』と俺が入り込んでいる『ベトチ』とのドンパチがある。まずはその顚末(てんまつ)を送るよ」

情報共有すれば、ジョンは勝手に調べるだろう。調べ上げた事柄は、俺と風間にフィードバックされる。

『ボブは、お前を遠距離から支援する。助けが欲しい場合は、例のハンドサインを送れ。「友人」の事案の時と同じだ』

「頼りにしているよ」

　短くなったマルボロを地面に落とし、踏みにじる。もう一本咥えて火をつけた。俺は以前のヘビースモーカーに戻りつつあるらしい。

『サムライ、まだ君は、「決闘者」を追っているのか？』

　ジョンとの関係がこじれたのは、合同捜査の時も俺が連続殺人犯である『決闘者』にこだわったからだ。ジョンはアメリカ陸軍内にはびこる組織内組織の壊滅を最優先し、俺は『友人』に雇われた護衛『決闘者』との対決に重きを置いてしまった。

　そもそも、危険な潜入捜査を引き受ける条件が『決闘者』の情報を取得するためなのだ。組織犯罪の暗い海に沈んでいる俺の仇を探すには、個人では不可能だ。

「追っている。ライフワークだからな。あと、ここでの俺のコードネームは『カウボーイ』だ」

　ジョンに失笑の気配があった。

※　※　※

　この〈犯罪特区〉のどこかに、アメリカ屈指の狙撃手であるボブが潜んでいる。狙撃を依頼するハンドサインは覚えていた。これで少なくとも、俺が『セブ』にとっつかまるか、潜入捜査官だとバレて『ベトチ』に拷問を受ける……という心配はなくなったということだ。いざとなったら、頭を吹っ飛ばしてもらえばいいし、撃たれたと認識するより早く死ねる。そして、死人は何もしゃべらない。

凄惨な拷問の痕跡と、喉を切り裂いて舌を外に引っ張り出されたという無残な姿となった俺の前任者の丹生刑事の写真を思い出す。ここは、最悪の部類に入る戦場なのだ。地縁組織である『ベトチ』にいると、平和すぎて勘違いしてしまうが、ここは〈犯罪特区〉だ。

バイックの予言通り一般業務は中止となり、第一棟に集合するよう一斉通信が送られてきた。マルボロを投げ捨て、ジャンキーとジャンキーの死体と売人しかいないゴミだらけの勝どき五丁目親水公園を離れる。

俺のコルト・ガバメントは毎日、射撃場で撃って手に馴染ませるようにしている。分解掃除もして、ガンオイルを塗り完璧に仕上げてある。9ミリパラベラム弾もいいが、ガバの.45APC弾のマンストッピングパワーは捨てがたい。

部屋に寄り、装弾済みのマガジンが二本マウントされているショルダーホルスターを吊り、ガバをホルスターに突っ込んで第一棟に向かう。

第一棟の広場には、殆どの『ベトチ』構成員の男女が集まっていて、何かの決起集会的な雰囲気があった。『セブ』と戦争となる悲壮感みたいなものは感じられない。興奮気味に談笑していて、何かのお祭りと勘違いしてしまいそうだ。

足場が組まれていて、その上に車椅子の首領ファム・バー・チェットの姿があった。

「同志諸君」

マイクも使わず、よくとおる声でチェットが第一声を放つと、会場は水を打ったように静かになった。

「同志諸君。我々は、この日本で搾取され常に困難が降りかかってきた」

そうだという肯定のざわめきがあがる。『安い労働力を確保したいだけ』という一部の限られた連中の悪しき習慣が『ベトチ』のような集団を生み出している。

「我々は、それを何度も跳ね返してきた。今回も、鉄血の団結をもって、勝利をつかもうではないか」

地響きのような賛同の声があがる。第二次世界大戦時のナチスを連想して俺は背中が痒くなったが、異国で結束する地縁組織というものはそういうものなのだろう。移民政策の『負』の部分だ。

拳を突き上げ歓喜の声を上げる群衆に紛れていると、心が冷える。

これから、実際に銃弾が飛び交い、誰かが死ぬかもしれないという事実を、この連中はわかっているのだろうか。まるで……。

「祭りみたいだろ？」

いきなり背後から話しかけられ、俺は反射的にショルダーホルスターへ手が動きかけた。周囲に気をとられていたとはいえ、こんなに人を接近させたのは、久しぶりだった。

「脅かさないでくれ、バイックさん」

出っ歯でネズミを連想させる上司の顔が俺の肩の傍にあって、ニヤニヤ笑いを浮かべていた。

驚いたのは、接近に気付かなかったことばかりではない。心の中を読まれたことも含まれる。

「すまんすまん。首領から伝言だ。この集会が終わったら、第三会議室に来てくれ」

俺の肩を親しげにぽんぽんと叩きながらバイックが言う。その手を振り払いたくなったが、辛うじて笑みを浮かべる事ができた。

どうもこの男は肚の底が読めなくて苦手だ。さすが、スコア付の人物だけある。

集会所での「団結を確認する儀式」が終わったあと、俺は第一棟に残って第三会議室に向かった。

この様子を、俺のボタン型CCDカメラ兼マイクを通じて風間たちは見ているだろう。風間を中継にジョンにも流れているはずだ。

第三会議室には、三人の男がいた。顔は見たことがあるが、ほぼ他人といっていい連中だ。集められた理由を考えてみるが、共通項を見つけるには情報が少なすぎた。

「よう。新入りだったな？　俺はグェンだ」

頬から顎にかけて刀傷が走っている男が、俺に握手を求めてくる。

「やぁ、よろしく。俺はグェンだ」

俺は『ベトナム人ジョーク』で返して握手に応じる。案の定、俺の手を握り潰しにきた。マッチョな男はこうしてどっちが上かを決めたがる。

力が拮抗するように工夫して握り返してやる。その気になれば、俺はこんな野郎の指など小枝のように折ることができる。

「真弘幇の馬鹿どもの金を奪って逃げたガッツがある男だ。試すなビン」

ここに集められたのは全員グェンだった。ベトナムではありがちなことだ。

俺に挑んできた刀傷の男は『向傷のビン』。ビンを窘めたのは首筋に縫い目の刺青がある『首斬りナム』。ナイフで爪の垢をほじっているのが『ナイフ使いのタン』というらしい。

二ツ名がついているということは『ベトチ』では古株なのだろう。俺は単なる『ミン』だ。

彼らは輸送任務担当の連中で、俺は護衛という役回りなのだと類推できた。

それにしても、入団二週間未満の男に護衛させるだと？　どうにもキナくさい。

一通り、互いの自己紹介が終わったのを見計らったかのように、壁面にあるモニタが起動した。

画面に映ったのは、首領のチェットだった。

『やぁ、ビン、ナム、タン、ミン。集まってくれてありがとう』

整った顔に穏やかな笑みを浮かべている。東京屈指のベトナムマフィアを率いているとは思えない雰囲気で、まるで成功したビジネスマンを思わせた。

『大口の取引がある。君たちに〈犯罪特区〉外への配達をお願いしたいんだよ』

潜水艇で仕入れた五十丁のベレッタM9のことだろう。もう買い手がついているという噂は本当だった。

『この荷を「セブ」の連中が狙っているのは、先ほど集会で話した通りだ』

チェットが、演説の時とは打って変わって穏やかな表情と声で続ける。

前線に赴く兵士に「敵を恐れていない」「お前たちを信頼している」ということを示す事の重要性をちゃんと理解している。いいリーダーだ。

『配達先は〈犯罪特区〉外なので、例によって手運びでいく。日本の公共交通機関はとても優秀だ』

「ほんじゃま、俺らは『例の手』を使うんですね」

例の手だと？　ここから先は殺された丹生も探り出せなかった領域に入る。風間たちには値千金の情報だろう。

「例の手ってなんです？」

わざと質問を挟む。

『複数の少人数編成のチームが、別々のルートから〈犯罪特区〉外に出る作戦だよ。敵は、捕獲のために数十倍の兵員を割かなければならない。それに〈犯罪特区〉外は連中にとってもアウェイだろ？』

話の腰を追った俺を、ビン、ナム、タンの三人は怖い目で睨んだが、チェットは笑っただけだった。

『まぁまぁ。命がけの仕事だ。大目にみてやれよ。気になるのはわかる』

俺は、素直に頭を下げて詫びた。この会話は、第一〇三分署のＡＩに記録されたはず。地道な手口の蓄積は、潜入捜査では重要な情報だ。

第一〇三分署の封鎖をすり抜けて〈犯罪特区〉外に出るのは、外部から入るより難しいとされている。それに『ベトチ』は〈犯罪特区〉内部に殆どの機能が集中していて、『セブ』と違って〈犯罪特区〉外にシンパをそれほど抱えていない。

要するに命がけの鬼ごっこをするわけだ。『ベトチ』は相手を分散させるための囮（おとり）を大量に放って生存率を高めようという寸法。

『今回は、七チームを放つ。目的地は埼玉県の西川口（にしかわぐち）。ムスリムが多い蘭州回族（らんしゅうかいぞく）が拠点としているエリアだが、そこの首領のシャーヒンって男がいい銃を大量に欲しがっている』

「ドンパチでもおっぱじめる気ですかね？」

三人のうちの年長らしいナイフ使いのタンが言う。

チェットは薄く笑いながらこう答えた。

『さあな？　俺たちは仕入れて、運んで、売るだけだ。その結果、日本人が何人死のうと、中国人がどれほど死のうと、関係ない』

※　※　※

西川口に拳銃を輸送することになった。出発は十二時間後。ビン、ナム、タンと俺の四人組で行動する。あと六組いるはずだが、メンバーは知らされていない。知らなければ、捕まって尋問されても何も漏れない。

俺たちのチームは、『環二（かんに）通り』から第一〇三分署の前で『晴海通り』に入って要塞化された晴海三丁目駐在所の脇を通って春海橋（はるみばし）を目指すそうだ。

春海橋の西詰めには、かつて『中央区立新月島（しんつきしま）公園』と呼ばれていた公園と運動場がある。その隣は、東京都立大学晴海キャンパスだった。

今は、第一〇三分署の交通課の拠点になっていて、キャンパスは車両の整備工場、広い運動場は警察車両の試験所や、訓練所となっている。

橋にはもちろん、交通課による検問所が設けられており、最も突破が難しい橋とされていた。

何度か〈犯罪特区〉外への配送を成功させているビン、ナム、タンの三人には策があるようだが、俺には直前まで教えてくれないようだ。

GPSと開封するとアラートが鳴るセンサーがついたリュックが渡されるところまでは聞かされていた。中に拳銃（または、似た重さの鉄塊）が入っている。これが、一般的な『ベトチ』の輸送方法だ。

俺は『勝どき五丁目親水公園』までぶらぶらと歩いて、潮風に錆びた手摺に寄りかかり、マルボロを咥える。

火薬を扱うことがあるので『ベトチ』の敷地内部は殆どが禁煙となっていて、直近の公園であるここにタバコを吸いにくる構成員は多い。

ジャンキー相手の売人も、『ベトチ』の勢力圏内なので治安が保たれていることや、みかじめ料を要求しないことを知っているので感謝しているようだ。不文律でルールが制定されたいい売り場となっており、ジャンキーも集まる。

ジッポーでマルボロに火を点け、ポケットからワイヤレスイヤホンを取り出して、耳に嵌める。防諜処理されたスマホの電源を入れた。

『聞いたわよ。今、上が警視庁と埼玉県警に連絡取ってるとこ』

『正式にアメリカ陸軍犯罪捜査司令部と合同作戦になったぞ』

風間と小倉がほぼ同時に喋（しゃべ）る。大がかりな作戦になり、スコアが跳ね上がるので、二人とも上機嫌だった。

「着手まで十二時間しかない。作戦を聞かせてくれ」

『まぁ、あわてんなって。今〈管制〉ちゃんが最適解を算出してっからよ』

からかうような声は、阿仁の声だった。スコアを稼いで、警視庁内で決裁する立場を手に入れようとしている風間、ひたすらスコアを現金に換えて妻の治療費に充てる小倉と違って、いまいちこの第一〇三分署に留まる理由が分からない男だ。

「AIの作戦立案など信用できるのか？」

この〈犯罪特区〉の管制センターは事案が膨大という事もあり、『管制（コントロール）』と呼ばれる人工知能で分類や割り振りや調書の作成まで自動化されている。

これは、陸上自衛隊の『C4Iシステム』を警視庁に応用したもので、一般業務支援、作戦支援、戦術支援、交戦支援を一元化したものといわれている。

調書などの作成や、署員のスケジュール管理、物資の備蓄の発注などは『一般業務支援』で、今回は『作戦、戦術、交戦』を組み立てる。

陸上自衛隊などは、師団の運用で訓練を積んでいるが、警視庁のキャリア官僚は、この処理速度についていけないし、ノウハウもない。加えて、旧来の縄張り意識が阻害になる。なので、第一〇三分署所轄内は、意思決定もＡＩがして、キャリア官僚はそれを追認というスタイルにおちついた。

官僚の常である「責任の押し付け合い」にリソースを割かなくていいので、概ね上層部の評判はいい。最前線の警察官にとっても、素早い意思決定のおかげで動きやすくなったという利点もある。

この実践結果は、今後世界の戦争の主流となる『コンパクトな戦争』の最前線での『C4Iシステム』の思考アルゴリズムのためのデータとして、開発者である大手システム会社に蓄積され、陸上自衛隊にフィードバックされる。

『銃器犯罪の増大で「セブ」が大きくなり過ぎただろ。ここらで、すり削っておきてぇ。同時にロジスティクスを担う「ベトチ」の評判もさげてぇ。だから、荷を奪い、関係者は全員検挙か殺す。そんなところだろ？　アメリカ陸軍犯罪捜査司令部も独自で動いているみてぇだし』

阿仁があっさりと『４４２』の活動を容認するような発言をした。第一〇三分署勤務が長いと、日本の警察官との感覚の乖離（かいり）が大きい気がする。「犯罪の凶悪化に向けての警視庁内の実験施設だ」という陰謀論が出るわけだ。

『作戦の骨子が決まったら連絡を入れるから。それまで待機ね』

風間の上機嫌な声がした。

「俺のチームは、巡視ドローンと『交通課』の屯所（とんしょ）の眼を避けて、晴海橋方面から都内に抜け、公共交通機関で西川口に抜けるらしい。詳しい経路は直前まで知らされない」

『ボタン型ＣＣＤカメラは、服に縫い付けておけよ。それであんたを追尾できる。大丈夫、なんとかなるって』

小倉が、補足する。実験用のマウス程度の関心しかない口調だった。

※　※　※

「囮を護衛するというのも、おかしなものだが、それが雇い主のオーダーなら仕方がない」

男が、目の前の男にゆっくりとした口調で説明する。

喋っているのは、いろいろな人種が混じりすぎて特徴が曖昧な男だった。『助手（アシスタント）』という通名で業界では知られている人物だった。誰の『助手』なのか？

彼はテーブルに広げた地図に目を落としているもう一人の男『決闘者（デュエリスト）』と呼ばれる殺し屋にして連続殺人鬼の助手を長らく務めていて、それがそのまま通名になっていた。

二人は容姿がよく似ているので双子と噂されているが、全く血縁関係はない。あえて流布(るふ)される噂を否定しないのは、その方が都合がいいからだ。

わざと服装なども同じにしているのは、互いを影武者としているから。そのトリックで、何度か危機を脱していた。普段はタートルネックの薄手のセーターを着用することが多いが、湿気の多い日本の梅雨明けはさすがに暑く、現在は薄いスカーフを首に巻いていた。

頑(かたく)なに首を隠すのは、喉に特徴的な傷があるためで、人物特定をさせないためだ。

交渉などは『助手』が行うが、それは『決闘者』がその喉の傷で発音が難しくなっているからと言われている。『決闘者』はその名の通り、凄腕の拳銃使いとまるで西部劇の一シーンのように、決闘をしたくなるという病的な願望があり、その名の由来になっている。喉の傷は、その時についたとされる。

情報が不確定なのは、『決闘者』と対峙(たいじ)した者は殆ど死んでいるから。

「百度決闘し、ことごとく勝った」

とまことしやかに言われている。眉唾(まゆつば)ものだという者もいるが、今でも生きて殺しを請け負い続けているのは事実だ。『決闘者』は死んでいない。

「……まぁ、とにかく、囮に喰いつく『セブ』のシンパを一人でも多く殺すのが、私たちの今回の仕事だ。なるべく囮に敵が群がるように『ベトチ』はあえて情報をリークするらしい」

ゆっくりと『決闘者』が首を左右に振る。

「まぁ、分かるよ。〈犯罪特区〉外でのドンパチは、私も気に入らない。多少、民間人に被害が出るかも知れないからね」

机の上に広げた地図を丸めながら『助手』が答える。「そうだ」とでもいうように、『決闘者』が頷く。

意外なことに、多くの殺人を犯しておきながら、『決闘者』は巻き添え（コラテラルダメージ）を嫌う。彼の標的になるのも、悪党と呼ばれる人物が殆（ほとん）どだった。

「奴ら、日本人が何人巻き込まれても気にも留めない。日本人は危機に対するイマジネーション力が足りないから、あっさり死ぬ。銃声を聞いてもきょとんとしているからね」

そんな『助手』の言葉に『決闘者』からため息が漏れた。

「仕方ない。平和を享受している飼いならされた羊など、そういうものだから。私は日本人を見ているとイライラするよ。早く仕事を済ませて、アメリカに帰ろうぜ」

更にいい募る『助手』の言葉に同意を示して『決闘者』が頷く。そして、ヒップホルスターから拳銃を抜いて机の上に乗せ、『助手』に押しやる。

この銃は、文四郎が使うコルトＳＡＡに似ているがメーカーも口径も違うリボルバー『スタームルガー・ブラックホーク』というシングルアクションの拳銃だった。

コルトSAAと同じく、輪胴（シリンダー）がスイングアウトせず、ローディングゲートというのを開けて、一発ずつ弾丸を込める方式だ。弾はいくつかのバージョンがあるが、.44マグナムを『決闘者』は愛用していた。

「おいおい、また俺が分解掃除するのかよ。自分で出来るだろ？」

机の上のブラックホークを『決闘者』の方に押し戻しながら『助手』が抗議する。

『たのむよ』

機械で合成された音声が『決闘者』から聞こえた。彼がほとんどしゃべらないのはこのためだ。かつて喉を撃たれて、声帯が失われていたのだった。振動を音声に変換する装置が喉に嵌められていて、それを隠すために『決闘者』はタートルネックのセーターを着たりマフラーやスカーフを首に巻いたりする。影武者的な存在である『助手』も同じ装いになっている。

「ったく、しょうがねぇなぁ」

ぶつくさ言いながら『助手』がブラックホークを押し頂く。

『ありがとう』

機械音で『決闘者』がお礼を言う。『助手』が照れて、パタパタと手を振った。

「いいってことよ。それより、俺らが護衛する連中の人事データと搬送経路を見ておけよ。全員グェンだがな」

クスクスと笑いながら、『助手』がノートPCのモニタを『決闘者』に向ける。

「囮に選ばれたのは古株三人、新入り一人の四人チームだ。尻尾はつかませないが、どうも裏切り者だと思われているらしい。内部監査のバイックに疑惑の目で見られているそうだぜ」

ローディングゲートを開けて、ブラックホークから弾を一発ずつ取り出しながら『助手』が概要を説明する。

「コイツら、腕は立つが忠誠心を疑われてんだよ。ベトナム人は年がら年中『内部粛清』ばっかりだよな」

第八章

アメリカ陸軍犯罪捜査司令部のジョン・スミス少佐との電話打合せが終わった。

狙撃手のボブ・スワンは〈犯罪特区〉から出る事が出来ないので、遠隔からの護衛は晴海橋を渡りきるまでだといわれた。減刑を対価に貪欲に仕事を受けるボブにしては珍しいが、俺の護衛よりも大幅な減刑が見込まれる大物が、〈犯罪特区〉にいるのかも知れない。外に出たら、東京に浸透している日系人だけで構成された特殊部隊『442』が護衛につくらしい。ただし一切姿を現さず、秘密裏に俺を護衛するという説明だった。まぁ、あまりアテにはしない方がよさそうだ。

そうなると、風間たちのバックアップが頼りだが、利害だけで動く風間はともかく、小倉や阿仁がどうするのか読めない。少なくとも、小倉は俺を邪魔だと思っているはずだ。消極的な支援となるだろう。出来れば大怪我でもしてリタイアしてほしいと考えているはず。

頼りないバックアップ態勢だが、上手く配達任務をこなせば、俺はもっと『ベトチ』の深部に入り込む事が出来るだろう。

イリーガルな組織の物流を担う組織に潜入する価値は高い。どこがどこと取引しているか、明白に出来る。それに、東京の組織犯罪の根源となりつつある〈犯罪特区〉の勢いを少しでも削りたい警視庁としては、違法捜査をしてでも実態を摑みたいところだろう。

俺が警察庁と警視庁に求める対価は『決闘者』の情報だけだ。実は東京の治安などさほど興味はない。

「そろそろ時間だ」

首筋に縫い目の刺青がある『首斬りナム』が、防水仕様のリュックサックと圧縮ガスで膨張するタイプのライフジャケットを持って、俺の部屋にやってきた。

どうやら俺は、どこかで泳ぐらしい。

リュックサックがズシリと重いのは、拳銃か拳銃に似せた鉄塊が入っているためで、ベレッタM9が一丁一キログラム、弾の重量も入れて四人で分散して一人あたま十五キログラムといったところか。それに自分の装備である拳銃やナイフが加わる。

下手すれば水中に引きずり込まれることもあるので、ライフジャケットというわけなのだろう。

「いくぞ、新入り」

俺と同じ形の防水リュックサックをゆすりあげて、ナムが歩きだす。向かい側から来た、『ベトチ』の構成員が、顔をそむけて大きく道をあける。嫌悪と恐怖のサインだ。

ふんと鼻で笑って、ナムが堂々と廊下の中央を大股で歩く。

「侮られるより、嫌われたり、恐れられた方がいい」

そんなことをナムが嘯く。

我々のチームを含めて七チーム。どういうルートで何時に出発しているか、首領のチェットと人事を扱うバイックほか数人の幹部しか知らない。

ビンとタンが待っていたのは、第一棟と第二棟の間にある忘れ去られたようなトタンの小屋で、ここが彼らのたまり場のようだった。嫌われ者同士の安息の地ということか。俺も『嫌われ者』クラブ入会らしい。

「少し泳ぐことになる。リュックの重さで沈んだ馬鹿がいるので、ライフジャケットを使うようになったんだ」

ニヤニヤと笑いながら、『向傷のビン』が俺に言う。三人の中の道化役が彼なのだろう。初対面で俺に絡んできたのもこの男だ。

「俺のチームに配属されたってことは、あんたもバイックに嫌われたクチだな」

器用に手の内でナイフを回して腰の鞘に納めながら『ナイフ使いのタン』がいう。

三人のリーダー格が彼だ。

「化けネズミみてぇな顔しやがっているが、ああ見えてバイックは旧北ベトナム軍の情報将校の家柄だ。俺らのような、命がけで南ベトナムに潜入していた密偵の家系は二重スパイだと決めつけてやがるのさ」

吐き捨てるようにタンがいう。結束が固いと思われている『ベトチ』も一枚岩というわけではないというのは、いい情報だ。

「覚悟を決めておけよ、新入り。なぜか俺たちの輸送ルートは漏れていることが多い」

薄く笑いながら続けるタンの言葉に、カエルじみたけくけくという笑い声でビンが追従する。ナムは鼻で笑っただけだ。俺は日本人がよく使う便利な曖昧な笑みを浮かべた。この手はベトナム人にも有効だ。

準備といえば、防水リュックサックにホルスターごと拳銃を納める程度。出発の時間はリーダーであるタンが決めるらしい。

俺はリュックサックを背負ったまま、トタンの小屋の隙間から漏れてくる第一〇三分署からの探照灯をぼんやりと見ていた。

不意につんと鼻の奥に鉄錆の臭いがする。血の臭いだ。

「もう……いい文四郎……」

トタンの裂け目から舞台装置のピンスポットのように照らされた地面に、男が木箱に詰められているのが見えた。俺の父親だった。白檀のグリップでシルバー仕上げのコルトSAA。彼の愛銃。アメリカ西部で、否、世界で一番速くて正確な拳銃使いの銃は、殺人鬼

『決闘者』相手に結局抜かれることなくホルスターに納まったままだった。

「興覚めだ。おまえの父親はとんだ腰抜けじゃないか」

果たして『決闘者』なのか『助手』なのかわからない人物が唾棄しながらいう。

「だまれ！」

椅子を蹴って立ち上がり、腰のコルトSAAを抜こうとして、俺の銃は自室に隠してあることを思い出す。これが夢であることに俺は気づいた。木箱に詰められたまま谷底に落ちた父親の姿も、『決闘者』も『助手』も消えた。どうやら、タンの出発の合図を待っているうちにうとうとと眠ってしまったらしい。

そういえば仇と狙う二人の顔さえ俺ははっきりと覚えていない。首を覆うスカーフばかりが鮮明に思い出される。

体に力が入っていたのか、節々が痛い。大あくびをしながらストレッチをする。

「お前、寝ていたのか？　いい度胸しているな。そろそろ行くぞ」

突然タンが俺に話しかけてきてリュックサックを背負う。出発の時間まで厳密に決められているようだ。

分署の脇を通るので俺を除く三人は緊張していたが、今日に限って職務質問はない。俺からの情報でいわゆる『泳がせ捜査』をすることになっていて、我々が通る時間は、偶然パトロールの警察官は不在になっている。

俺たちは徒歩でお互い適当に距離をとり、四人が同行していることを悟らせないようにして晴海通りを歩く。

無事に第一〇三分署の脇を通過し、晴海通りを北上する。春海橋のたもとに訓練所と整備場を構える交通課の詰所に向かった。〈犯罪特区〉で、最も守りが固く重武装している一角だ。

ここまでは『泳がせ捜査』の対象ということもあり問題なく移動できたが、交通課には連絡がいっていない。

さすがにここをあっさり通過してしまうと、いかにも不自然だからだ。それに、関門突破の手口の情報収集をしたいという風間たちの希望もあった。

タンたちは橋のだいぶ手前で川に降りた。軽装でかつライフジャケットというのはこれが理由だ。

「遊歩道として整備されるはずだった『旧・晴海鉄道橋』が俺たちの移動ルートだ。ここから泳いでいく」

タンが俺にそう説明すると川に飛び込む。水を感知したライフジャケットのセンサーによって圧縮ボンベからエアーがライフジャケットに送られる。

「まってくれ、水中ドローンとパトロールドローンが巡回しているはずだ。無理だろ」

月島を中心とした埋立地の外堀にあたる運河や隅田川（すみだがわ）下流には防衛省から提供されたA

I搭載のドローンが、水中と上空から検問を突破する〈犯罪特区〉の連中を監視している。

俺が『ベトチ』に逃げ込んだのは埋立地内部のいわば内堀でドローンの巡回区域外だから、捕捉されなかったに過ぎない。

「第一〇三分署は、慢性的な人手不足の解消にドローンを使うだろ？　そこが弱点ってわけよ」

仕方なく川に飛び込んだ俺と並んで泳ぎながら、ビンがもったいつけて話す。

「サメがうようよいる夜の海を泳いでいるようで、落ち着かない。どういう策なのか教えてくれよ」

今にも泣きそうな声で『気弱な男』を演じながら泣き言をいうと、ビンが笑った。

「まぁ、見てろって」

※　※　※

暗くてヘドロくさい水の中を百メートルほども泳いだろうか？　春海橋と並行して架かる旧・晴海鉄道橋に俺たちは泳ぎ着いた。

ライフジャケットのおかげで重い荷物を背負っていても浮力は十分で、河口付近という

ことも あり流れも緩やかなことから、漂うように泳いでいるうちに到着した感じだった。

ここまでドローンには見つからなかったが問題はここからで、橋の周辺は重点巡回地域になっているのだ。橋の上には検問所があり、探照灯が川面をなめている。上空からはドローンのプロペラ音。水中で動く灯りは、水中ドローンのものか。

俺は、観光用歩道橋に変えるための工事半ばで放置され、錆びて朽ちるにまかされている旧・晴海鉄道橋のフジツボだらけの橋脚につかまりながら、この絶望的な状況をベトナム人のならず者三人がどう打開するのか興味がわいてきていた。

「よし、やろうか」

タンが橋脚のメンテナンス用の梯子につかまりながら、防水リュックサックから取り出したのは大きめの茶筒ほどの大きさのガムテープでぐるぐる巻きにされた代物だった。

「手製のＥＭＰ爆弾だよ。一時的にドローンを無効化できる」

ドローンに原因不明の不具合が生じることがあると風間から聞いたが、これが原因かもしれない。

「心臓にペースメーカーとか入れていないだろうな？　腕時計は自動巻きのダイバーズウォッチか？」

タンが形だけ確認して、ＥＭＰ爆弾のピンを抜いて川面に向かって投げる。

高高度の核爆発で強力な電磁波を発生させることによって電子機器を破壊する兵器をＥ

MP兵器と呼ぶ。現在では、核爆発ではなくても、高性能爆薬の爆発エネルギーを電磁エネルギーに変換させるMC型爆薬発電機は既に実用化されている。

問題は小型化だが、アメリカではハンドメイドで小型化に成功させたクソ野郎がいて、アルコール・タバコ・火器及び爆発物取締局の協力者時代に、その資料を見たことがある。日本で同じものを見る事になろうとは……。

それを『ベトチ』は所持しているというのだろうか？　けっこう由々しき問題だ。まるで〈犯罪特区〉は、来るべき『小さな戦争』で使われる新型兵器の実験場じゃないか。

機械だけを殺す非殺傷兵器であるEMP爆弾が水面で爆発する。火花は上がらない。ただ音と爆圧だけが、その場で散った様に見えた。水柱が立ち、何匹かの魚が白い腹を見せて波立つ川面にうかんだ。この程度の火薬量なら、おそらく半径百メートルの範囲が影響圏内だろうが、検問突破のためならこれで十分だ。

空中で何ヵ所かで火花が上がり、水中の灯りが消えた。ボンという音が検問所から聞こえ、探照灯も消えてしまった。コンピュータ制御だったのだろう。いまどきは、なんでもそうだ。復旧させるまで、この周囲は真っ暗になる。

「急げ新入り！」

メンテナンス用の梯子を三人が急いで登る。俺も彼らの後に続いた。春海橋と並行して架かる線路が撤去されボロボロの枕木が雨風に朽ちた鉄橋を、俺達は身を低くして走った。

春海橋の上の検問所は、交通課員の怒声が飛び交い、ちょっとしたパニックになっていて。俺たちの姿に気づいていないようだ。

――なるほど、これが『ベトチ』の手口か。

俺からの中継を通じて、風間たちが記録をとっていることだろう。

厳重な春海橋検問所をあっさり突破すると〈犯罪特区〉との緩衝地帯ともいうべき廃墟群の一角で濡れた衣装を着替える。ここはたしか、芝浦工業大学の跡地だったか。〈犯罪特区〉に近くて危険ということで、八王子にキャンパスは移転していた。

ペットボトルの真水を使って、ドブの臭いのする髪をリンスインシャンプーで洗った。濡れた衣類と体や髪を拭ったタオルはこの場に捨て、梅雨明けの東京に相応しいＴシャツを着てアロハを羽織る。わざわざ上着を着用するのは、腰裏のヒップホルスターを隠すため。

洗い晒しのジーンズを穿いて、重いリュックサックを背負う。街に紛れるための都市迷彩だ。

「ここまでは上出来」

タンが上機嫌でつぶやきながら、あらかじめこの廃墟に用意してあったらしいスマホを錆だらけのロッカーから取り出し、起動させて操作する。

「検問突破の報告を送った」

「例によって、嘘の上陸地点ですね」

「そうだ」

なぜか、上陸地点に敵が待ち構えていて銃撃戦になることが多いそうだ。捕捉された囮が派手に暴れれば、同時進行で目的地に向かう他のチームへの監視の目が逸れる。

タンはバイックが囮として自分たちを敵に差しだしていると確信していて、近頃は微妙にずれた位置情報を送るようになったらしい。

「二分ずらして進発。今は深夜だから人は少ないが、今後はなるべく人が多い場所を歩け。銃撃戦になると、日本人は棒立ちになるから、盾にしろ。集合は潮見駅。始発まで、倉庫群で待機」

ドラム缶に濡れた着替えがつっこまれ、ガソリンが掛けられて燃やされる。俺は着替えに手間取ったふりをして、ボタン型ＣＣＤカメラ兼マイクを引きちぎって手に握りこんであった。

俺は、タンとナムの後に芝浦工業大学跡地を出た。振り返るとまだ交通課の検問所は復旧しておらず、新しく運び込まれた探照灯が忙しく周囲を見回していた。予備のドローンも到着したらしく、巣を襲われたスズメバチのように空中を飛んでいる。

ぶらぶらと芝浦工業大学跡地の脇を流れる豊洲運河に沿って歩く。警備を増やすことで移転を免れた東京都中央卸売市場から〈犯罪特区〉を迂回して都内各所に向かうトラックが散っていく。

このトラックに偽装して〈犯罪特区〉から抜け出る連中もいるのだろう。警視庁は上手く凶悪犯罪組織を封じ込めたが、完全に抑える事など出来やしない。

『はっ！ 上陸予定地点に敵だ。バイックの野郎、ナメやがって』

殿(しんがり)を務める向傷のビンが鋭く笑いながら、スマホのグループ通話で報告してきた。

『上手くすり抜けたなら上等だ。京葉線(けいようせん)の始発まで潮見駅周辺の倉庫群に隠れてろ』

タンがため息交じりに言う。こんなバイックの罠を何度も生き延びてきたのだろう。

ビンの顔の傷は手榴弾の爆発。ナムは首を掻き切られるところだったそうだ。その傷を刺青(いれずみ)で隠している。

待ちぼうけを喰らった『セブ』の構成員は、俺達の行方を追って道路を監視し、公共交通機関の駅や停留所で張っているところだろう。潮見駅にも何人か来るはず。ただし、分散しているので待ち伏せよりは手薄になる。

潮見駅付近の埋立地に到着すると、俺は倉庫と倉庫の間の暗がりに潜んだ。

やぶ蚊が多くて辟易(へきえき)したが、以前潜入したマイアミのエバーグレーズの大量の蚊よりはマシだ。

支給されたＥＭＰ爆弾の影響を受けない自動巻き時計は、午前四時を示している。東の空が明るくなってきた。夜明けは近い。

　俺は、腕時計を外して、地面に叩き付けて壊し、運河に投げ込む。タンに渡された時計だ。電磁波の影響をうけないように、被膜された盗聴器かＧＰＳが仕込んであるに決まっている。彼はバイック同様、俺を信用していない。

　近くに誰もいないことを確認し、スマホで風間に連絡を入れる。芝浦工業大学跡地に着替えが用意されていたので、予めボタンを縫い付ける事が出来ず、俺は脱ぎ捨てたシャツからボタン型ＣＣＤカメラ兼マイクを引きちぎってポケットに入れていた。

　春海橋検問所を突破したあと画像が映らなくなったので、風間はじれていたらしく声には焦りがあった。

『なにやってたんだよ、カウボーイ！　音声だけは拾ってたから、無事だとは思ったけどよ』

「着替えが用意してあったんだよ。ＣＣＤを引きちぎって持って来るのがやっとだったよ」

『ＧＰＳで追跡できる。音声も証拠になる。まぁ、よくやったよ』

　俺の答えに、小倉が応じる。作戦に齟齬はつきものだ。風間より小倉の方が大人だ。

『これからどうすんのよ？』

　という阿仁の質問に、俺は芝浦工業大学跡地を進発する直前に聞かされたタンの計画の細部を語った。

「ここからは、始発を待って公共交通機関を使う。日本は安全で時間に正確だからな。京葉線の潮見駅から東京駅に抜け、京浜東北線で西川口に向かう。途中『セブ』の妨害があるから、鬼ごっこになりそうだがな」

ちっちっち……と舌を鳴らして、風間が言う。

『うちらと協力関係にあるアメリカ陸軍犯罪捜査司令部の「442」は荒っぽい連中よ。あんたらの配達先を押さえるために、護衛についてるけど、コラテラルダメージなんかお構いなし。一般人に被害がでるとスコアが下がるから、避けて欲しいのよね』

「敵は撃つ。暴れる前に無力化すればいいんだろ？　なるべく、市民が死なないように努力するよ」

風間の勝手な言いぐさに思わず失笑してしまった。

『なるべくじゃ困るんだよ、カウボーイ』

小倉の言葉に肩をすくめたが、ボタン型ＣＣＤカメラは俺のポケットにあって、彼には伝わらなかった。

※　※　※

始発の時間が近づいてきた。だが、普段は人の姿はない。潮見駅の朝は乗車の客より降車の客の方が多いからだ。この周辺は工場と倉庫ばかりで、夜間人口が少ないというのが理由だ。

なので、駅の前で始発を待っている数人は不自然だった。しかも全員が浅黒い肌のいかにもフィリピン人ならば、まぁこれは『セブ』の構成員で間違いない。

武装しているのは、歩き方や腰つきでわかる。重い鉄塊を腰にぶら下げていると体重の移動のさせ方が変わるもの。俺の経験上、こいつらは確実に武装している。

『やはり、張られていたな』

半笑いでタンが俺達に伝える。おおよその上陸地点をリークしていたのだろうバイックの仕業だ。タンはその裏をかいて適当な場所を上陸地点として報告した。『セブ』は待ちぼうけをくったわけだ。

そこから、周辺の駅や道路に監視を散開させたのだろう。タンの虚偽の報告は、バイックの情報の確度に疑問を抱かせる作用があった。これが後々ボディブローのように効いてくる。

『これで敵の勢力は分散したが、潮見駅も監視対象みたいだな。ここは食い破るしかない。おいミン、援護するから片付けて来い』

タンが俺に命令してくる。新人に危険な橋を渡らせるのは、まぁ定石ではある。

『真弘幇のうすら禿で不細工の山田を手玉に取ったんだってな。その腕前、見せてもらおうか』

仲間に受け入れるまでの洗礼は何度も続く。いささか『ベトチ』はしつこいが、何度も危険な潜入捜査をしてきた俺はこうした嫌がらせは経験済みだ。

「はぁ、まぁ、やってみます」

背中の重いリュックサックをゆすりあげて、倉庫と倉庫の間の暗がりから出る。

直近の任務だとモーターサイクルギャングへの潜入だったか。ほんの一年前のことだ。撃ち合いなど日常茶飯事だった。その頃のテンションに戻す。

潜入捜査は人格を演じること。ショー・マンだった俺にはそれが出来る。俺は今、素朴な田舎者のベトナム人で、思慮が足りないが思い切りはいい男『ミン』だ。

掬いあげるような眼で、改札に至る階段にいる二人のフィリピン人が俺を見た。

バイックは、人相書きを提供しているのか、二人の視線に殺気が籠った。線路の下り側と上り側を張っていた二人も、俺を左右から挟撃するように接近してくる。

駅前は小さな広場になっていて、人影はない。フィリピン人四人と俺だけだ。

階段に腰掛けていた二人が、ゆっくりと立ち上がり、腰の裏に右手を回していた。拳銃を取り出す動き。ピリッと緊張感が早朝の清冽な空気に流れる。

俺の視界は広い。そういう訓練を受けた。左右から接近してくる二人も、腰裏に右手を回していた。俺も、ヒップホルスターのガバメントのグリップに手をかけた。

遠くで始発電車の汽笛が聞こえる。潮見駅から人が電車から降りてくる前に、決着をつけた方がよさそうだ。

駅前ロータリーを横切りながら、駅の正面入口に向かう。タクシー乗り場の手前で俺は九十度向きを変え京葉線の高架に沿って走った。

タガログ語の罵り声が聞こえ、駅の正面で待ち構えていた二人が腰裏からリボルバーを抜いて発砲した。『セブ』の連中はフィリピンの現地語であるタガログ語を仲間内の公用語として使う。

十メートル以上の距離でだしぬけに方向を変えたのと、射手から見て横に移動していることから、命中弾はない。射撃の腕もそれほど良いとは言えなかった。

俺も腰裏のヒップホルスターからガバメントを抜く。線路の高架の千葉側から接近していた男が突然始まった銃撃戦に動揺し、慌てて銃を抜く。彼もまたリボルバーだった。

肩越しに見ると駅の入口の二人は、まだ俺を狙って撃っている。二連射しているので、おそらく軍隊仕込みの連中だろう。両手保持でスタンスを定めて撃っているからさっきよりは狙いは正確だ。弾丸が唸りを上げて俺の傍らを通りぬけていく。

俺は走りながら、ゴツい軍用拳銃を前に突き出した。親指でセーフティを外し、トリガーを引く。戦場で兵士に信頼された.45ACP弾のガツンとした反動が俺の腕に伝わった。

パッと血煙が散って、千葉方面の線路沿いに走ってきた男が、拳銃を放り出しもんどりうって倒れる。彼我の距離は十メートル。俺なら外さない距離だ。そして、ガバメントのマンストッピングパワーは大きい。

前方の脅威を排除した俺は、振り返って残り三人を視界に捉える。六発撃ちきった駅入口の二人が、リボルバーの輪胴（シリンダー）を振り出して地面に空薬莢を落とし、スピードローダーで装塡しているところだった。

今度は、ジグザクに走りながら駅の入口に向かう。高架から電車の響きが聞こえてきた。東京方面の高架沿いにいた男が、走りながらリボルバーを撃っている。狙いも何もないので、単なる威嚇（いかく）射撃だろう。至近弾すらない。威嚇射撃は、当てる気で撃たないと意味がないものだ。

走っている男が六発撃ちきった頃、駅の入口の二人の男が装塡を完了した。俺も走っているので、この二人との距離は十メートルを切っている。

俺の脳内にどっとアドレナリンが流れ込む。演じているベトナムの素朴な男『ミン』から、西部一のガンスリンガーである父の薫陶を受けた『長野文四郎』に切り替わっていく。

同時に、曲芸撃ちする時の感覚——時間の流れが緩やかになる感覚が俺を包む。駅入口の二人の輪胴を嵌め戻す動作が、鮮明に見えた。撃鉄を上げ、銃口を俺に向ける二人の動きの速さの違いが分かる。

射撃の順番を俺は瞬時に判断した。

銃口を向けるのが速いやつ、その隣のやつ、走りながら空薬莢を地面に落として、スピードローダーをポケットから出しているやつ……という順番だ。

俺は走りながらでも標的を外さない。そういうガン・ショーがあったのだ。得意な演目だった。

バンと俺のガバメントの銃口が跳ねる。ブローバックしたスライドが金属音を響かせるのが聞こえた。排出される空薬莢が硝煙の糸を曳(ひ)いて飛んでゆくのも見える。

バンと再びガバメントが跳ねる。血煙を上げてのけぞった男の隣で、リボルバーを構えようとしていた男が吹っ飛ぶ。

バンと三度ガバメントが跳ねた時は、走っていた男がつんのめるようにして転倒した。トリガーに指がかかっていたのか、地面に叩き付けられる時に男の銃が暴発した。

微(かす)かな痛みを残して、暴走していた脳が冷えてゆく。観客の喝さいは、幻聴だ。的を撃つのと、人を撃ち殺すのは違う。それが自分で分かっているので「これはショーなのだ」と勘違いさせたがっているのかもしれない。頭痛はその副作用みたいなものか。

「やるなぁ、ミン」

タンがのんびりと歩きながら、駅前ロータリーに出てくる。転がった死体には目もくれずに、面倒くさそうに跨いだだけだった。

「そりゃどうも」

感情の起伏が乏しい『ミン』というパーソナリティに戻って、俺が返事をする。

「そろそろ、京葉線の始発だ。いくぞ」

タンが階段をのぼっていく。

「警視庁仮設待機施設が近所にあるから、おっつけそこから警察官が来る。そいつらにコレは任せておけばいい」

ビンが肩をすくめながらタンの後を追う。〈犯罪特区〉周辺の治安の悪化を受けて、警視庁仮設待機施設には運河や河川での出動も視野に警視庁第二機動隊の分室が置かれている。常駐している機動隊員もいるはずだ。

俺達は死体をそのままに、五時二十二分発の始発電車に、何食わぬ顔をして乗り込んだ。

「いい腕している。どこで学んだ？」

ほぼ貸し切り状態の車内に並んで座りながら、タンが俺に言う。

「ベトナム人民軍特工隊にいたことがあるんすよ」

ミンの経歴にある事柄を喋る。ベトナム本国の除隊者名簿には、ミンの名前が記載されているはずだった。その後、ミンは交通事故死しているが、その警察記録は改竄されている。住民記録も修正済みだ。

「へぇ、どこだい？」

「第一二六陸戦旅団第一特工大隊の偵察中隊っす」

　すらすらとそう答える。ベトナム戦争時、『第一二六水上特工連隊』として、前線を迂回して海岸から上陸し、南ベトナム軍の後方で破壊工作を行っていた部隊がその前身だ。スパイとして南ベトナムに潜伏していた、タンたちの一族とは関係がある。

「そうか、お前の教官は俺の親父と接触があったかもしれないな」

　タンの態度が軟化する。仲間意識が生まれたのかも知れない。

「詳しいことは言えないんですけど……」

　特殊部隊は除隊後も守秘義務がある。俺のような潜入工作員には、うってつけの職歴だった。戦闘能力の高さもそれで説明できる。

「わかっている。頼りにしているぞ、ミン」

　新入りからミンに昇格したらしい。

　俺はこの時、ベトナム人の猜疑心の強さを甘く見ていた。

第九章

潮見駅に近い立体駐車場の屋上の車上。潮見駅でのタンのチームと『セブ』の構成員との戦闘を、双眼鏡で眺めていた男が、「なかなかやるね」と呟いて、後部座席の男に双眼鏡を渡す。

双眼鏡を渡された人物は、無言で潮見駅を観察する。満足げにふんと鼻を鳴らして双眼鏡を下ろした。

「日本には優秀なガンスリンガーがいないと思ったが、意外といい。食指が動いたんじゃないのか?」

エンジンを始動させながら、運転席の男が言う。『ホセ・カルテリト』に雇われ、『ベトチ』の輸送チーム護衛を依頼された『助手』と『決闘者』の二人だった。

「先日、決闘した警視庁の潜入捜査官の丹生って男もなかなかだった。さっきのミンって男もかなりいい」

護衛対象のメンバーの人相書きが雇い主からあらかじめ二人に渡されていて、名前と顔は暗記していた。

　タイヤをきしらせながら、潮見駅監視場所となっていた自走式駐車場から降りていく。今度は、東京駅に向かう予定だった。そこで車を乗り捨て『ベトチ』の四人組を尾行する段取りになっていた。

　尾行に際し、季節柄マフラーは目立つのでサマーニットのハイネックシャツと麻のジャケットという服装にしている。

「早朝なのにもう蒸し暑いとか、最低だよ日本……」

　ぶつぶつと『助手』が文句を垂れている。『決闘者』が笑みを浮かべて頷く。

　色々な民族が融合して人種が曖昧な印象なので、微笑するとアルカイックスマイルに見える。もちろん『決闘者』には日本人の血も入っていた。

　東京駅の八重洲口に近い路上に車を停めて、二人は鍵をつけたまま乗り捨てる。

　路上で財布を落としてもそのまま交番に届けられた日本は昔の話。〈犯罪特区〉が出現して外国マフィアが増えて急速に治安は悪化し、犯罪が増えた。鍵もかけずに車を放置するなど「ご自由にお持ちください」と言っているようなものだが、使い捨てする場合は都合がいい。

　NYヤンキースとヤクルトスワローズのキャップで顔を隠しながら、『決闘者』と『助手』が東京駅八重洲口の大型書店の前を通り、信号を渡る。

「なんで俺が、ヤクルトスワローズなんだよ」

ぶつくさと『助手』が文句を言いながら、東京駅八重洲南口から駅構内に入る。

適当に互いの距離をとりながら『ベトチ』の四人は、京葉線東京駅のホームから長い八重洲連絡路を歩いてくる。そこで二人は待ち受けた。

この連絡路は狭い通路なので、尾行には向かない。『決闘者』たちは新幹線を待っている態を装っていた。

その間、別の尾行者がいないかどうかを確認する。『ベトチ』の四人は、歩く速度を変えたり、急な方向転換をして尾行者を炙り出す動きをしているので『決闘者』は観察するだけでよかった。

「今のところ『セブ』の尾行はないようだな」

新幹線の南乗り換え口で、新幹線発着の電光掲示板を見ている様子の旅行者を演じながら『助手』が言う。

四人組を追って、二人は歩きはじめた。

彼等は行動予定表通り、3、4番線の上野方面行き京浜東北線のホームに向かっている。

マンパワーで輸送を行うのを常とする『ベトチ』は、『ショットガン方式』と呼ばれる複数の囮を別々のルートで目的地に放つ手段を採っている。なので、輸送ルートが重ならないよう、コースが定められているわけだ。

その際、わざとルートをリークすることがある。これは、そこに敵の目を集中させることで、他のチームの生存率を高めるのと、『ベトチ』内の不平分子を自分たちの手を汚さずに始末するという目的があった。

今回は更に『決闘者』をそのわざとルートをリークされたチームの護衛につかせることで、『セブ』の戦力を削るという一石二鳥を狙っている。

その生餌ともいうべき四人も命がけだ。定められているルートは3番線の京浜東北線だが、乗車したのは4番線の山手線だった。

情報がリークされているという前提で、微妙にルートをズラして移動している。

「何度か裏切られているのだろうね。猜疑心を感じさせる動きだ」

隣の車両から四人を観察する『助手』が『決闘者』にいう。

「まさか、同情していないよな？」

一拍おいて『決闘者』が『助手』の確認に頷く。

「気持ちはわからんでもないけど、優先順位は『セブ』の協力者を削る事だから。そいつを忘れないでくれよ」

※　※　※

「尾行されているような気がする」

首の傷を隠すための刺青を掻きながらナムがいった。何か危険を察知すると、彼は傷が疼(うず)くそうだ。それが、意外と当たる。

「わかるか？　ミン？」

新入りから呼称が名前に昇格したらしい俺にタンが話しかけて来る。『嫌な感じ』は俺の肌にも触れてきたがどうも印象がぼやける。

「わからないですね」

正直に答える。道化役のビンも何かを感知しているらしく、ニヤニヤ笑いは表情から消えていた。

「ナムの直感を信じよう。ルートを変えるぞ」

タンが宣言して、3番線の京浜東北線に乗るのをやめて、急遽4番線の山手線に切り替えることにした。

「田端(たばた)駅まで山手線を使う。秋葉原(あきはばら)駅で一旦降車して尾行がいないか確認しよう」

何を大げさな……とは、思わなかった。バイックの企みでタンたちは生餌として放流され、輸送任務は命がけだ。

ギリギリまで京浜東北線に乗るふりをして、発車寸前の山手線に飛び乗る。諜報員が尾行者を撒(ま)く時に使う古典的な技法だが、現在でも有効だ。

相変わらず『嫌な感じ』は消えないが、多少気は楽になった。ナムも首の傷を掻いているが、やらないよりマシと思っているようだ。

車内では散開して一ヵ所に固まらないようにしている。そのうえで、尾行者の有無を探知しようとしたが、俺のレーダーには何もひっかからない。チームで一番鋭敏なナムも特定するには至らないことを、アイコンタクトで俺に伝えてきた。

東京駅から神田(かんだ)駅を経て秋葉原駅で途中下車する。秋葉原駅を選んだのは、早朝とはいえターミナル駅で人が多いから。盾にする人間は多い方がいい。潜入捜査官である俺にとっては、そんな事態は御免蒙(こうむ)りたいところだが……。

タンとビンが駅構内のトイレに入り、俺とナムはそれを離れたところから観察する。

——尾行は確認出来ず。嫌な感じも消えず。

それが、ナムと俺の評価だった。

「どこだ？　クソ、わからん」

ナムがイラついた声で吐き捨てる。俺も彼同様、この状況は気に入らない。

「ここまでの手練(てだ)れだと、『セブ』とは思えません」

という俺の意見にナムは鼻で笑った。

「じゃあ、誰だっていうんだよ。どうせ、俺たちは餌だ。こっちに敵を集めて一人でも多く殺そうってのが、バイクの肚(はら)だろうよ」

尾行者がいると思えたが、敵ではないと判断した。当面放置することにしてタン、ビンと合流して山手線に乗る。

今度は、田端駅で下車する。ここは、京浜東北線と山手線の分岐点だ。

あえて駅の構内から外に出る。

朝の通勤時間に近くなってきたので、やや人が多くなってきた。

一度俺達をロストした『セブ』にも追跡情報が集まってきている頃だろう。

俺達は駅周辺の地形が複雑な田端駅南口改札から跨線橋(こせんきょう)を渡ってポツポツと通勤客が下りてくる階段を上がっていく。

田端駅周辺は武蔵野(むさしの)台地の丘の中腹に位置していて、高低差が大きい地形である。

「お出ましだ」

階段の手すりに寄りかかり、駅周辺を折り畳み式のオペラグラスで観察していたビンが言う。彼が指し示す方向を見ると、駅前のタクシー乗り場にバンが強引に割り込んで停車し、ぞろぞろと『セブ』の構成員らしき数名が降りたところだった。

「駅には戻らん方がいいな。おいミン、タクシーを二台つかまえてこい」

タンが俺に命令する。

「タクシーでの移動は規程違反では？」

釘を刺したが、三人は笑っただけだった。

「一駅分だけだよ。それに、位置情報をリークするのも規程違反だぜ」

言われてみれば、その通りだ。俺達のリュックサックには、GPSが仕込まれていて、その位置情報をバイックが『セブ』に流しているのは確実だ。

そうでなければ、潮見駅で振り切ったのにこんなに早く追尾してくるはずがない。


通勤時間ということもあり、タクシーはすぐに見つかった。俺とナム、タンとビンに分かれてタクシー二台に乗り込み上中里（かみなかざと）駅に向かう。

ニアミスした『セブ』の構成員は、慌てて追尾しているところだろう。

『王子（おうじ）で降りて、そこで迎撃しよう。王子は人が多いからやりやすい。それに、追われるのも面倒くさいからな』

タンから連絡が入る。王子駅前は、都電荒川（あらかわ）線やバスターミナルがあり人が多い。つまり、日本人の命などなんとも思わないコイツらにとって都合がいいというわけだ。

「以前も王子で敵を迎撃したことがある。駅前に二ヵ所交番があるから、素早く襲って素早く撤退する。日本人は銃声を聞いても理解出来ないから、パニックは起きない。盾にしやすいぞ」

ナムが首の傷を掻きながら補足する。朝の通勤時間に発砲事件とは、日本はどうなってしまったのかと不安になる。

だが、俺の興味は日本の治安や未来ではなく『決闘者』の存在だ。ホセに雇われているあの連続殺人鬼は『セブ』の構成員を殺して回っていた。『ベトチ』に食い込む密偵も殺している。丹生はそれで殺された。

生餌として放流されているタンのチームを尾行して、セブの実動部隊をすり削る可能性はある。

アメリカで『決闘者』を追うのは、まるで雲をつかむような話だったのだが、ようやく俺の射程圏内に入ってきた実感がある。

惜しむらくは、『ベトチ』に潜入している間、俺のホルスターに納まっているのがSAAではないことだ。

父から伝授された『イアイ』で『決闘者』に弾丸を叩きこみたかったのだが、最優先は『決闘者』の殺害だ。

「おいおい、気負うなよ。殺気が漏れているぜ」

ナムが苦笑を浮かべる。そうだった、コイツは勘が鋭い。三人の中では要注意人物である。

「緊張しちまって」

素朴な田舎者である『ミン』が言いそうな言葉を選び、彼になりきって答えた。

上中里駅には『セブ』の姿はなかった。改札をくぐって、散開して周囲を警戒する。

駅に入ったという位置情報は、バイクを通じて『セブ』に送られているだろう。

ここまでは上手く追手を躱してきたが、ゴールである西川口が近い。『セブ』も最終防衛ラインを敷いて待ち構えているはずだ。

王子駅で下車する。北口改札を出て『北区立音無親水公園』に出た。ここは、北区役所に向かう道筋なので、スーツ姿が多い。

「いるな」

ナムが首を掻きながらいう。

今回は俺にもわかった。各駅に『セブ』の構成員が先回りしていたようだ。またタクシーを使うと思ったのか、駅前バスロータリーに七人ほどのフィリピン人らしき集団が見える。

俺達を見て、ぞろぞろと歩いてくる。なるほど、バイクが『セブ』に流した人相書きは、とても役に立っているというわけか。

この状況は風間たちも防犯カメラで観察しているだろう。こんなところで発砲事件などが起きて民間人に死傷者が出たらスコアが下がってしまうので、ハラハラしていることだろう。

「殺(や)ってきます」

なにもこんな抗争に巻き込まれて罪もない日本人が死ぬこともなかろうと思い、俺はホルスターからガバメントを抜いた。タンたちに任せると、多くの犠牲者が出る。混乱を起こすのが目的なので通行人などお構いなしに撃つのが目に見えていた。俺が撃つ方がマシだ。

すれ違う人々は、俺が銃を手に歩いていても、手元のスマホを見るなどして気にも留めない。危機管理が出来ていないにもほどがあるが、いままで日本の治安がよかったという証拠だろう。

俺の銃に反応したのは、駅の連絡通路を通って北区立音無親水公園に入ってきた、人相の悪い『セブ』の連中だ。

俺がこの地点を迎撃に選んだのは、駅の通路から親水公園につながる道が狭いから。相手の人数が多いとき、狭隘(きょうあい)地を選ぶのは戦の常道である。撃ち合いの予感に、どっとアドレナリンが俺の脳であふれる。ガンスリンガーとしての本能が、牙をむき出しにしていた。

片手保持で銃を構える。慌てた『セブ』の構成員の顔が克明に見え、反応の速さの違いが見てとれる。射撃を加える優先順位が瞬時に定まっていた。

彼我の距離は十メートルほど。俺なら必中の距離。

一番先頭を歩いていた男を撃つ。左に横飛びしようとしていたので、ぱっと血煙を上げて壁にたたきつけられずるずるとくずおれた。その後ろの男が、歯をむき出しにしてヒップホルスターからリボルバーを抜く。『セブ』は構造が単純で整備が簡単なリボルバーを好んで使う傾向があった。

その男は俺に銃口を向ける間もなく、俺の放った銃弾に頭を撃ち抜かれていた。男の指に力が入ったのか、銃が暴発して地面に跳弾する。

男の後頭部にできた射出口から血と脳漿(のうしょう)を浴びた三列目の男二人が悲鳴を上げる。棒立ちになったその二人を押しのけるようにしてリボルバーを構えた男が前に出た。俺に向かってトリガーを引いたが、力が入りすぎていわゆる『ガク引き』となり、音無川の由来を説明する看板に弾丸がぶち当たって甲高い音を立てた。

やっとこの時になって、通行するスーツ姿の通勤客にパニックが広がり、走って逃げてゆく。

それに対して、こちらに寄ってくる動きを示すのは『セブ』の増援だろう。駅前ロータリーから怒号をあげてこっちに走ってくる足音が聞こえる。まずいことに人数が多い。

「くそっ！」

仲間の血を顔面に浴びた男二人を撃つ。残り三人は逃げた。その背中を順番に撃つ。まるで射的の景品のように、三人はもんどりうって倒れた。

弾を撃ちきりホールドオープンしたガバメントから、空のマガジンを引き抜き、新しいマガジンをポケットから出して嵌め込む。

増援が到着する前に、逃げようとした俺の背中に衝撃が走って息がつまったのは、その時だった。

俺は、思い切り背中を蹴りつけられたようなインパクトによろめいて膝をつく。

肩越しにチラリと見えたのは、銃を構えたナムの姿だった。

「悪く思うなよ、ミン。せいぜい抵抗して俺たちが逃げる時間を稼げ。つかまると凄惨なリンチを受けるぞ」

くそっ！　くそっ！　油断した。奴ら四人目のメンバーが頻繁に入れ替わると思ったら、こうしてトカゲの尻尾切りをしていたわけか。民間人の犠牲者を出さないようにと仏心を出したせいで奴らに付け入る隙を与えてしまった。

傷を確認するため、リュックサックを脱ぎ捨てる。息が詰まって呼吸ができない。ガンスリンガーとしての超感覚も消えてしまった。

喘ぎながら、背中に手を伸ばす。汗でぬれていたが血は出ていないようだ。リュックサックの中の荷に当たって弾は逸れたらしい。リュックサックには焦げた穴が二つ。軍隊式のダブルタップという射撃術だ。ナムには従軍経験があるのだろう。

銃創を負わなかったのは幸運だったが、依然として俺の危機は続いている。十人近い『セブ』の増援が、仲間を殺された恨みに殺気をたぎらせて接近してきているのだ。それに俺は背中を撃たれて呼吸が乱れ、まともに銃も持ち上げられない。

ガクガクと震える足を踏みしめ、何とか銃を構えた時には、仲間を殺され憤怒の表情をうかべたフィリピン人が目の前に立っていた。トリガーに指がかかるより前に俺の手からガバメントは叩き落とされ、間髪を入れずぶん殴られた。

暴力に慣れているのか相手は畳み込むように膝をかちあげてくる。膝は俺の脇腹に食い込んできた。

胃の中に何も入っていなかったので、げぇげぇと吐いたのは喉を焼く胃液だった。立っていられなくて四つん這いになると顔面を蹴り上げられた。目がくらみ鼻血が地面に落滴して石畳に染みをつくった。鼻呼吸が出来なくなって、喘ぐ。

複数の『セブ』構成員から蹴りの雨が降る。俺は転げまわって致命傷を避けた。

身体中のズキンズキンと脈打つ打撲の痛みに苛(さいな)まれ、腫れあがった瞼(まぶた)に視界をふさがれながらも、俺には二人の男が立っているのがわかった。彼らは呆然と立っている通勤途中の男に見えた。

揃いのハイネックのサマーニットに麻のジャケットをひっかけた男たちだった。ヤクルトスワローズとNYヤンキースのキャップを被っていて、顔は隠れている。

ここにいる『セブ』の連中は殺気立っていた。無害な羊以下と思われている日本人など簡単に殺されてしまう。

「にげろ……はやく……」

ようやく俺は声を絞り出した。うるせぇとばかりに『セブ』の構成員が脇腹を蹴り上げてくる。ミリッと音がして肋骨が折れたのがわかった。

「おいおいおい……他人の心配をしている場合かよ、死にかけてんじゃねぇか」

突っ立った二人のうちの、ヤクルトスワローズのキャップを被っている男が笑いながらいう。

「取り込み中だ、あっち行きな」

俺を蹴りまわしていた『セブ』の一人が凄む。霞む視界にNYヤンキースの男が肩をすくめたのが見える。あきらかにマフィアっぽい連中の集団暴行の現場を見て、相手を舐めた態度をとるなど、正気とは思えない。

『セブ』の男が手を後ろに回す。ヒップホルスターからリボルバーを抜くのだとわかった。面倒くさくなって射殺することにしたのだろう。彼らにとって日本人の命など蟻以下だ。

俺は目の前の男が逃げるための時間を稼ごうと、銃を抜いた『セブ』の構成員の脚にしがみついた。

「この！　死に損ないがっ！」

苛ついた『セブ』の男が俺に銃口を向ける。

「こいつは生け捕りだ、殺すんじゃ……」

増援十人のリーダーらしき男が、俺に銃を向けている男の肩に手を掛けて制止する言葉が途切れる。

俺はキャップを被った男二人が、コルトSAAとよく似たスタームルガー・ブラックホークをヒップホルスターから抜いたのが見えた。

「俺、右から三人。左から三人は任せるよ」

ヤクルトスワローズのキャップの男が言う。NYヤンキースのキャップの男が無言で頷く。

彼等は、唖然（あぜん）とする『セブ』の連中を尻目に武骨なシングルアクションリボルバーを腰だめに構え、左手で撃鉄を撫でるような仕草をした。

銃声は二人の男から一発ずつ。.44マグナム弾特有の重い銃声が響いた。

銃声は二発だったが、吹き飛ばされたのは六人だった。ガン・ショーでも使われるシングルアクションの拳銃特有の技術、『煽撃ち（ファニング）』の一種で『トリプルショット』という。銃を抜く時に親指で撃鉄を起こし、トリガーを引いて一発、トリガーを引きっぱなしのまま左手の親指で撃鉄を起こして一発、更に薬指で撃鉄を起こして一発。これが素早いと、銃声は一発しか聞こえない。

三点バーストみたいに見えるので、『トリプルバーストショット』と呼ぶ者もいる。

飛びかけた意識は俺の腹腔に沸いた炎で覚醒した。

スタームルガー・ブラックホークで、ガン・ショー並みの射撃術で人を殺す。やっと、会うことが出来た。この男のどちらかが『決闘者』だ。

唸りながら地面を這う。叩き落とされ、蹴り飛ばされたガバメントを塞がれつつある視界で必死になって探していた。

脳裏に、箱詰めされ頭だけ出された父の姿と、エル・サムライとしてスポットライトを浴びて歓声に応えて手を振る父の姿がオーバーラップする。

西部最速のガンスリンガー。ガン・ショーのスーパースター。父はかっこよかった。最高の男だった。それを、犬っころのように殺しやがって！

立ち上がれないほど痛めつけられた体がもどかしいが、やっと地面に転がるガバメントを見つけて飛びつく、

だが、その直前で、地面に火花が散って、コルトガバメントがはじけ飛ぶ。

キャップの男のどちらかが、ガバメントを撃ったのだ。

ローディングゲートを開けて、輪胴(シリンダー)を回転させながらヤクルトスワローズのキャップ

の男が、空薬莢を地面に落としている。そして一発ずつ弾を込めていく。

装弾が終わったのを見届けて、NYヤンキースのキャップの男が、死にきれないまま地面で口から血泡を吹き出している男を足で踏んで押さえて撃った。地面の男は肺に血がたまって、自分の血で溺死しようとしていたのだ。苦しい死に方である。慈悲の一撃というやつか。

いつの間にか、『セブ』の増援十人全員が地面に転がっている。俺が撃った七人を含め、『セブ』は短時間で十七人の構成員が死んだことになる。

遠くに飛ばされたガバメントを追う気力を失ったふりを装って、俺はよろめきながら立ち上がり、ヤクルトスワローズの男に向かっていく。

キャップの庇(ひさし)に隠れて顔全体は見えないが、口が嘲笑を浮かべているのはわかった。

組みつこうとして、その手を払われる。足払いで、転がされた。

「お前は標的じゃない。汚ねぇ手で触んじゃねぇよ」

掌底で胸を突かれた。踏ん張る事も出来ず俺は尻もちをついた。立ち上がろうとしたところを足で踏まれる。その足を俺は掴んだ。

「触るなって言ったぜ」

顔面を思い切り蹴られる。止まりかけた鼻血がまた、ボタボタと俺のシャツに落ちる。

仰向(あおむ)けに倒れた俺の目に、音無親水公園の鬱蒼(うっそう)とした樹の間から見える爽やかな朝の空が映る。

「そろそろ警察が来る。退散しよう」

ヤクルトスワローズのキャップの男が、NYヤンキースのキャップの男にいう。

立ち去る靴音を確認すると、俺はポケットからスマホを取り出した。液晶が割れていたが、幸いなことにまだ使えそうだ。

風間にコールする。通じたようだが音声は聞こえなかった。なので、一方的にしゃべるしかなかった。

「俺だ、ボタン型CCDカメラのGPS信号を追ってくれ」

なんとか、ヤクルトスワローズの男のズボンの折り返しに、足を掴むふりをしてボタンを仕込んだのだ。

これで『決闘者』の拠点がわかる。このために余計に蹴られたのだ。その分くらいは報われてほしい。

遠くでパトカーの音を聞きながら、俺の視界は黒く塗りつぶされていった。

※　※　※

目が覚めたら、病院のベッドの上だった。個室だったので、一瞬ホテルと間違えたが、バイタルサインモニターが微かな機械音を立ててベッド脇にあり、帽子掛けの出来損ないのようなスタンドにぶら下がっている点滴バッグを見て病室なのだとわかった。

風間と小倉がベンチに座っている。風間はスマホをいじっており、小倉は本を読んでいた。ヘッセの『車輪の下』だった。

「起きたか？　ボロボロだな」

小倉がぱたんと本を閉じていう。相変わらず俺には反感があるようで、体調を気遣う表情だけはしているが、家畜の健康状態を観察する畜産農家みたいな目をしていた。

「体中が痛む」

そう答えると、風間がふんと鼻を鳴らして、

「肋骨が二本折れてる。打撲傷は無数だけど、集団リンチ受けた割には軽症よね」

と感心したようにいう。

「転げまわるんだ。打点をズラすだけで、だいぶ違う」

日本のイジメと違って、アメリカのイジメはマッチョイズムのせいか直接的だ。東洋人で転校生という標的になりやすい少年だった俺が自然と身につけた技術だ。それが役立つとは。

「拳銃（チャカ）もってうろつく『セブ』の構成員を大勢検挙出来た。フィリピンに強制送還して日本から叩き出したいところだが、揃いも揃って難民申請出しやがって、制度の悪用だな」

小倉が忌々しそうに吐き捨てる。性善説で作られた日本の制度は、外国人犯罪者にとっては衝くべき穴だらけの法だ。それをなんとかするのは、小倉たち警察官の仕事ではなく政治家の仕事だが、野党が邪魔して前に進まないらしい。

「ジョンの『442』も暴れたらしいわね。あいつら、コラテラルダメージお構いなしだから、何人か負傷者が出てスコアが下がっちまった」

相変わらず風間はスコアにしか興味が無くて、むしろ一種のすがすがしささえ感じる。目的は違えど小倉も阿仁も同様で、このチームはブレない。

「あんたが潜ったおかげで、だいぶ『セブ』を削ることが出来たよ。銃の主要な密輸ルートが少し絞れると思う」

日本の警察にとってはいいことだが、俺にはあまり関係ない。

「それより、俺が仕込んだGPSは追えたか？」

やっと射程内に捉えた『決闘者』だ。その尻尾を離さない方が俺には重要だった。

「追ったよ。〈犯罪特区〉に戻って行ったけど。途中で途切れた」

「いいよ、想定内だ。それをくれ。約束だろ」

俺の言葉で、GPSを誰に取り付けたか、風間には分かったらしい。

「あんたが追ってる『決闘者』……」

「そうだ。どうしても欲しい。そのために俺はアメリカから日本に来たんだ。日本の治安も、犯罪撲滅もどうでもいい。あんたらの事情もどうでもいい。もう一度俺は俺のために〈犯罪特区〉に潜るぞ、段取りを組んでくれ」

風間と小倉が怯んだのを感じた。不意に風間が笑う。俺は風間を睨みつけた。

「いいね。いけ好かない野郎と思ったけど、好きになってきた。いいぜ、我々は勝手に我々の事情で動く。それが同じ方向を向いているなら、同志だ。だろ？」

小倉がため息をついた。

「こんな野郎、同志とは思えんが、まぁいい。鉄砲玉で使ってやる。戻ってなにをしやがるんだ？　カウボーイ」

「あてがわれた『ベトチ』の部屋に隠したSAAを回収する。そのうえで、バイックとタン、ナム、ビンを殺し、『ベトチ』の勢力を削ぐ。あそこは、手広くやりすぎだ。潜水艇も破壊したい。水分や養分を吸収する根を枯らしちまえば〈犯罪特区〉という有害な植物はしおれる」

風間が俺の目を見て観察していた。真意を探っているのだろう。

「あんた、ブチ切れてないよな？」

「とっくにブチ切れているさ」

俺の頭の中で、襲撃計画が組み立てられてゆく。潜入して何かを探り出すより、実は襲撃の方がずっと簡単だった。

「俺が生きていて、都内で潜伏。折を見て帰還するという段取りで頼む。そういうの、得意だろ？」

小倉が肩をすくめ、風間は頷（うなず）いた。

「任しとけってんだ」

第十章

メールを受け取ったバイクは、死んだと思っていたミンが生きていたことでプランを変更することにした。

タンのならず者チームの報告では、ミンは背後から撃たれたうえ『セブ』の集団に拉致されたことになっている。それが都内の病院に収容されていて救援を求めるメールが送られて来たのだ。

ミンの戦闘能力は目の当たりにした。万が一の手順通り救援メールを送ってきたことからも、真面目な性格がうかがわれる。

——ミンは排除より利用する方向にシフトした方がいいかもしれない。

都内の病院に入院している者は、ミンを装った何者かの可能性があったので、裏付けのため〈犯罪特区〉外部の準構成員に確認をとってもらったが、ミンで間違いないとの報告を受けている。

タンたちが杜撰なのかミンの悪運が強いのか分からないが、ここでミンを見捨てると

『ベトチ』の信用にかかわる。

ミンからのメールは自分が裏切りにあったと思っていない文面で、窮状を助けてくれると信じていることが読み取れた。

「ミンが素朴な馬鹿で助かった」

とりあえず、バイックは〈犯罪特区〉外の準構成員に金を病院に届けるように指示を送る。

首領のチェットには通さず、独断でタンたちを囮に仕立てていたのはバイックだった。

複数の輸送チームを散開させて標的を絞らせない『ショットガン方式』はチェットの発案だが、わざと情報をリークさせた囮を追わせるのはバイックのアレンジで、これは内部の不平分子を屠る（ほふる）という一石二鳥を狙った策だ。

タンとその仲間を始末したいとバイックは思っていたが、なかなかうまくいかない。今回は出自が怪しい新人のミンも仕留め損なっている。

「何度かやれば、いつか死ぬだろう」

なるべく一日一本以上吸わないと決めているマリファナを咥えながら、退院後のミンの使い途についてバイックは考えていた。

「ミンに輸送チームの一つを任せてもいい」

チェットは同朋意識が強く、仲間内に関しては非情に徹することが出来ないと、バイックは思っていた。なので汚れ役は自分が引き受けようと決めていた。

自分の容姿が侮蔑の対象であることはわかっている。だが、そのネズミみたいな顔の男に死地に追いやられ、屈強な男どもがくそを漏らしながら死んでいくのを想像するのには、暗い喜びがある。特にミンのようなすっきりした顔の男が死ぬのは愉しい。

「それにしても……」

深々とマリファナを吸いながら、呟く。マリファナの効果が出てきて、ささくれた感情が収まってゆく。

タンが報告書提出のための招集に応じないことにバイックは微かな苛立ちを感じていたが、それも消えていく。

タンは『ベトチ』内部の不平分子で、彼とその一派排除のために何度も『囮』として使った。今回で三度目の失敗で、タン、ナム、ビンの三人は任務を全うして生還している。

かつて、バイックに睨まれるだけで竦み上がっていた南ベトナム野郎どもは、バイックの力を侮りはじめていて、態度にそれが出ていた。

彼等がバイックの意図に反して生還したということは、外部へのバイックの影響力と信用が下がりかねないことで、それを見越したタンは今まで以上に反抗的な態度をとりつつあった。

「タンめ！」

バイックは、指が火傷する寸前までマリファナを吸い、灰皿に押し付ける。基本的に彼は臆病者で猜疑心が強い。それをチェットに利用されているという自覚があった。

臆病さや恐怖心の強さは、残虐性に結びつく。初めから犯罪者気質の強いタンたちには理解出来ない心理の動きだろう。

「殺すか……」

タンがたまり場にしている掘立小屋の存在は知っているし、そこに爆弾を仕掛けることが出来れば、一気にカタはつく。

だが、タンとバイックの不仲は『ベトチ』内部でも有名だ。それに『タン』に心情的に加担している潜在的シンパは多い。

バイックに疑いがかからない形で、タンと仲間二人を始末したいところだった。

猜疑心の強さゆえ、バイックには腹心の部下はいない。自分の代わりにタンらを殺害してくれる人物が必要だった。

「ミンを使う……」

死んだと思っていたミンが生きていたのだ。これを利用しない手はない。ミンは愚直だが、度胸があり腕が立つ。「タンらに裏切られて頭に来ていた」という理由で、彼等をハジいても不自然ではない。タンが死んでもバイックに疑いの目が向けられることもない。万が一ミンがしくじっても、将来目障りになることが予見できるミンが死ぬだけだ。

「輸送チームを任せるという餌をチラつかせて、タンと咬みあわせる」

これが一番いいシナリオのような気がしていた。いい具合にマリファナのテトラヒドロカンナビノールが薬理学的な作用を及ぼしてきて、多幸感を覚えてきていた。ネガティブな思考の時、バイックは麻薬に頼る。

「ミンを〈犯罪特区〉に移送する手筈を整えてくれ。潜水艇を使ってもいい。使用許可は出しておく」

盗聴されないという理由で、未だに使っている有線の電話を『ベトチ』内部の連絡には使っていた。

ミンの部屋をクリーンナップする指令を取り消す電話を一本かけ、迷った挙句もう一本、マリファナが入った紙巻タバコを咥える。

ミンの生還は、バイックにとって幸運に思えてきていた。この多幸感を生む薬理作用をもう少し、味わっていたかった。

「たまには……な」

マリファナはなるべく一日一本という決まりは、近頃は破られることが多い。気になっていたが、止めることもできない。

バイックはマリファナを商品として扱う時「品質検査」と称して、上物を堂々とくすねる事が出来た。それは『ベトチ』内で権力があるからだ。彼はまだ権力を手放す気はなかった。

※　※　※

バイックからのレスポンスは好意的な内容だった。あのネズミ顔を笑みの形に歪め、猫なで声を出している様子が俺には容易に想像できた。俺を陥れて殺そうとしたことを勘付かれていないと思っているのだ。

〈犯罪特区〉外の『ベトチ』協力団体の構成員が、見舞いと称して俺に接触してきて当座の金を持ってきた。これも貴重な情報で、風間と小倉がその構成員を尾行している。どこを隠れ蓑にしているのか知らないが、いずれ所轄署と東京出入国在留管理局とが協働してガサ入れが行われることになるだろう。

大量のベトナム人不法滞在者が逮捕されることになる。カジノ誘致の失敗で、悪化した治安はこうした地道な浄化作戦によって成されるのだ。

国の失政を東京という一地方自治体が担う。そこに国対自治体のフロントラインシンドロームの図式があった。

とにかく、先の案件で『セブ』の〈犯罪特区〉外の下部組織に大打撃を与えることが出来たが、今度は『ベトチ』にも同様の打撃を与えることが出来そうだ。奴らは日本の警察を舐めすぎている。そろそろキツいお仕置きが必要だというのが、警視庁の総意だった。

俺には再潜入の任務が承認された。

今回の任務は『ベトチ』の虎の子である潜水艇の破壊と、幹部の暗殺だ。〈犯罪特区〉内では、逮捕は考えていない。難民申請すれば強制送還を免れる『送還停止効』が適用され、収容が長期化すれば仮釈放の制度もある。

第一〇三分署という臨時武装警察という立場からすると、本来は守るべき正当な手続きや外国人保護の温情は弊害でしかない。

俺は、援助の手を差し伸べてくれたバイックに感謝のメールを送り、反応を待つ。バイックは大げさに俺の業績を讃え、明らかに俺を取り込む動きを見せていた。俺が演じている「ミン」にはまだ彼にとって利用価値があるという判断なのだろう。潜入捜査を行っている風間のチームにとっては好都合だ。

風間は、俺からもたらされた情報を分析し、バイックが望む回答を選択し俺に返信している。彼女はアメリカでも優秀な心理分析官になれる素質があると俺は思った。

「アルコール・タバコ・火器及び爆発物取締局かアメリカ陸軍犯罪捜査司令部に推薦できるぜ」

風間は俺の提案に鼻で笑っただけだった。俺の提案はキャリア官僚なら垂涎（すいぜん）の提案だった。

「クソ外国人の事案なんざ興味ねぇって。追っているのは、日本の未解決事件だよ」

そうだった。彼女が第一〇三分署に拘（こだわ）るのは、ポイントを稼いで決裁で事案追跡を起案できる警視正になり、都内で発生したとある未解決事件を再び掘り起こすためだった。そういう意味では彼女はブレない。

「バイックとタンを始末するだけで、『ベトチ』の勢力はだいぶ弱まる。バイックはボーナス付きだったな？」

「そう『生死を問わず（デッドオアアライブ）』ってやつ。タンはノーマークだね」

風間たちの覚悟が固まっているのを確認し、プランを立てることとした。

次いでジョンとも連絡を取る。アメリカ陸軍犯罪捜査司令部（CID）の切り札である狙撃手のボブが、〈犯罪特区〉のどこかに潜伏している。それを利用しない手はない。

用心深いバイックは、俺が恨んでいないかの確証を得るまで、俺と二人きりにはならないだろう。ボブの射線に誘い出すための工夫が必要だ。タンらは、無許可で占拠しているバラックで片をつけることができそうだ。彼らは、自分の身を守るためあえて孤立しているが、そいつは俺にとっていい材料になる。

あとは、バイックのデータから『ホセ・カルテリト』の仕入れ担当を見つけ、ジョンに差し出せばいい。そこから先は、アメリカ国内の問題だ。

俺に金を運んできた『ベトチ』の協力組織の男が、第一〇三分署の監視をかいくぐって〈犯罪特区〉に侵入する手順を書いた手紙をもってきた。潜水艇を動かすらしい。この男は『日越友愛交流協会』という公益社団法人の職員であることが、風間たちの尾行によって判明している。

盗聴を恐れてメールを使わない傾向が『ベトチ』にはあり、IPR形IP移動通信システムという警察や消防が使用する通信技術を盗用して使っていた。デジタル変調という搬送波をランダムに変える通信装置の中継点が『日越友愛交流協会』であり、それを聞き取って書き写したものを手紙の形で届けるのが『ベトチ』の手口と判明したのは大きい収穫だった。

携帯できる小型EMP爆弾が使われたこと、高性能の潜水艇を有していること、この二点を問題視した第一〇三分署は、『ベトチ』の〈犯罪特区〉の封じ込めに力を入れていた。犯罪の抑止力低下を理由に、警察庁が警視庁に介入する動きを見せている。警視庁の威信がかかっているのだ。

潜水艇を使っての身柄輸送は破格の待遇だが、バイックは俺を特別扱いすることによって、タンたちへの牽制と「ミン」を自陣営に取り込むという効果を狙ってのことだろう。『ベトチ』の力の根源の一つが、南米の麻薬カルテルから入手したこの最新鋭の潜水艇だ。厳重な警備が施されていて、どうやって接近するか思案していたところだったので、好機だった。さっそく、風間に連絡を入れた。

潜水艇にもスコアがついたので、風間を使って無理筋の依頼をする。違法捜査に何の躊躇いも見せない彼女もさすがに渋っていたが、スコアの魅力に負けて引き受けてくれた。俺には彼女が引き受けるだろうなという予想はあった。

その段取りと搬送は、阿仁が担うらしい。風間はこうした大事な任務に、小倉を使うはずだった。第一〇三分署に留まる動機がはっきりしている小倉の方が、いまいち〈犯罪特区〉滞在理由がわからない阿仁より信用できると考えているから珍しい人選だ。

「小倉はどうした?」

しばしの沈黙のあと、風間は答えた。

『奥さんの具合が悪いんだよ。そんで、集中力に欠ける可能性があっからなぁ。同情はするが、もう小倉は使いモノにならねぇ』

彼女には「未解決事件を掘り起こし、その捜査の指揮をする」という執念がある。だからブレない。惻隠の情に左右されることもない。敵に回すとやっかいだが、味方になると心強いのが、こういうタイプだ。

「俺を『ベトチ』が迎えに来るのは、退院予定になっている三日後だ。頼んだ品は調達できそうか?」

『ジョンの協力を仰ぐことにするよ。日本じゃ保管庫にもなさそうだからな。そんなことより、扱えるのかよカウボーイ？』
「アルコール・タバコ・火器及び爆発物取締局のアドバイザーだぞ、俺は」
『そうだったな。見た目が日本人だから、つい忘れちまう』

※　※　※

小倉はクリニックから出て、ポケットの煙草をまさぐり『路上喫煙禁止』であることを思い出して舌打ちした。ここは〈犯罪特区〉外で、喫煙所以外では煙草を吸えない。ポケットに手を突っ込んで小倉が歩いていると、スーツの下でワイシャツが汗で張り付いた。

やせ衰えた妻の姿に衝撃を感じたことを隠すのに、小倉にはありったけの意志の力が必要だった。

最先端の癌治療で有名なクリニックに転院させたのだが、高額な医療費がかかるばかりで好転は見られない。

「こんなしわしわになっちゃって、私だけ年をとってしまったみたい」

そう言って笑う妻の顔がいっそ清々しくて、小倉の胸は詰まった。

「そんなことはないよ。君は、今だって美しい」

「あなたは、いつでも優しいのね。出会った時からずっと」

小倉が差し出された手を取り、口づける。まるで、枯れ枝のようになってしまった彼女の手の感覚に心が折れそうだった。

「くそっ」

思わず漏れた罵りに、通りすがりの若い女性がぎょっとなって、小倉を避ける。まるで街中にいる危ない男みたいだと小倉に自嘲気味の苦笑が浮かんだ。

——風間のように目標に迷わず邁進する人物がうらやましい。

妻に万が一のことがあったら、果たして第一〇三分署に勤務し続けることができるだろうか？　そんな疑問が小倉の脳裏に去来する。

「限界だ……」

小倉は入院費用を稼ぐために〈犯罪特区〉に留まり、日本とは思えない危険な日常を必死に生き抜いてきた。だが、肉体的、精神的な疲れは、流し込まれた酸のように小倉を蝕んでいく。

何度か躊躇いながら小倉はスマホで風間の番号をコールする。

『おう、小倉ちゃん。奥さんの具合はどうだった？　そうそう、カウボーイを使い捨てにしてベトチを削る計画があるんだぁ。いつ復帰できる？』

天気のことでも聞くような風間の口調にムカついて、小倉は生唾を飲み込んだ。

──なんでこんな奴と組むことにこだわっていたのか？

それは、ひとえに第一〇三分署で、もっともスコアを稼げる人物だったからだと気づく。妻のためだった。それももうすぐ終わる。終わってしまう。気が付いたら小倉は嗚咽していた。

『小倉ちゃん？』

「俺は抜ける」

ずっと言いたかったことを、やっと小倉は言うことができた。

治療のためのクリニックをあきらめ、妻が穏やかな心で臨終を迎えられるためのいわゆる終末医療にシフトする決心がついた瞬間だった。

『あっそ。なら仕方ないわね。小倉ちゃんのスコアは、今までで案分しとくからね』

引き止めもしない風間の口調に更にムカついたが、声を荒げないことは出来た。

「妻に付き添うことにする。第一〇三分署からも外れるよ」

『そう、お別れするのは残念』

少しも残念ではない口調で風間が言うのを聞いて、そういえば風間みたいな女は大嫌いだったことを小倉は思い出した。

※　※　※

横須賀の米軍基地から阿仁が受け取ったのは、十キログラムのＣ４爆弾とイベント用の段雷だった。

段雷とは音響だけの打ち上げ花火のことで、Ｃ４は業界では説明不要な高性能の爆薬のことだ。

大量の花火と軍用の爆薬を公共交通機関である横須賀線で輸送しているという無法っぷりに、阿仁は大笑いしそうになり慌てて表情を引き締めた。近頃は感情の起伏が激しいという自覚がある。原因はわかっていた。小倉の奥さんの容体が急に悪化したからだ。

幼馴染だった女性が、小倉に嫁いだ日から、この世界は阿仁にとってどうでもいい存在になっていた。下種野郎にひっかかったのなら、無理やりにでも引きはがしてやったのだが、小倉はいい奴で阿仁の親友だった。

――もっと早くアイツに告白しておけばよかったんだ。

彼女とはずっと仲が良かった。ぼんやりと、将来結婚するのだろうなと思っていた。

それは、勝手な思い込みに過ぎなかったことを、阿仁は五年前に思い知る。

――幸せならいい。だが、あんな……。

やせ衰えた姿が阿仁の脳裏にこびりついて離れない。焦燥の度合いを深めてゆく小倉を見るのもつらかった。二人の幸せを見守るつもりだったのが、こんなはずじゃなかったという思いばかりが募る。

小倉に知られないようにして、スコアで稼いだ金をクリニックの支払いの足しにしていた。保険が適用されない新薬を試す高額医療のクリニックだ。小倉だけの支払いでは賄いきれない。

小倉は誇り高いので、普通に差し出しても受け取らないだろう。だからクリニックに頼んで阿仁が支払った医療費の残金を小倉に請求してもらっていたのだった。それもどうやら無駄に終わるようだ。

――小倉はもうダメだろう。

小倉は〈犯罪特区〉に上手く順応しているように見える。だが、基本的に彼はマトモな警察官で無理に環境に合わせているのを阿仁は知っていた。それが、かなりのストレスになっていることも。

大船駅を過ぎる。ガラの悪い若造二人が乗り込んできて、阿仁の真向かいのシートに座った。顔に刺青をした短髪の男と、鼻にピアスをした長髪を後ろで纏めた男だった。彼らは、

「でっけぇ」

などとクスクス笑いながら、スマホのカメラを阿仁に向けて写真を撮り始める。身長が百九十二センチある阿仁は、好奇の目を向けられることも多いが、それにしても不躾な態度だった。

阿仁が睨みつけても、彼ら二人は挑むような眼で見返すだけで、やめない。SNSなどに、『電車の中でヤバい奴発見』などと投稿するつもりらしい。

のっそりと阿仁が立ち上がり、

「やめてくんねぇか？　今なら許すぜ」

と言ったが、刺青の男は、

「うるっせぇよ、おっさん」

と巻き舌で答え、脚を組んで深々とシートに寄り掛かっただけだった。

「警告はしたからな」

薄く笑いながら阿仁が素早く車両を横切る。あっという間に刺青男の組んだ脚の間に膝を入れていた。

「野郎！」

腰を浮かせかけた刺青男の頭を左手で押さえる。脚をほどくこともできず、立ち上がるための重心移動もできず、刺青男はシートから立つことができなくなっていた。

長髪男は顔面を押さえて床で転げまわっている。

阿仁が刺青男に身を寄せると同時に、長髪男の鼻ピアスに小指をひっかけて思い切り振りぬいていたのだった。

「てめぇ、何しやがる」

刺青男が座ったまま阿仁の腹を殴ってきたが、体重の乗らないパンチなど、阿仁のぶ厚い筋肉の壁に阻まれ、蚊に刺されたほどのこともなかった。

阿仁は、刺青男の髪をつかんで無理やり下に向かせ、思い切り膝をかちあげた。

膝にグシャッと鼻の軟骨がつぶれた感触があり、刺青男の意識は半ば飛んだようだった。何度も何度も膝をかちあげる。眼窩（がんか）も頬骨も鼻骨も折れただろう。床にカラカラと落ちたのは前歯だ。そのまま、刺青男は顔から床に倒れこんだ。

「うるせぇよ」

次いで悲鳴を上げて転げまわる長髪男の頭を思い切り踏みつけて抉（こじ）る。こっちは、耳が千切れたようだった。

阿仁は彼らの手からスマホを取り上げ、拳を叩き込んで液晶画面を破壊してから、走行する車両の窓から捨てる。周囲を見回すと、同じ車両の数人の乗客が、隣の車両に逃げていくところだった。通報したり、若造二人を助けようという選択肢はないらしいことに気付き、阿仁は肩をすくめた。

警察官として自分で呆（あき）れるばかりの暴行傷害事案だが〈犯罪特区〉に帰ればチャラだと

阿仁は思っていた。暴力に対する罪悪感がなくなっている。

「やべぇな。元の生活に戻れっかな？」

ヘラヘラと笑いながら、阿仁は小指にひっかかったままの肉片付の鼻ピアスを床に落とし、京浜東北線に乗り換えるために駅に降りた。

※　※　※

小倉が抜けることについて風間は、彼の奥さんの容体が悪化した時点で予想できていた。

どんな現場でも小倉は、躊躇わないうえにきっちりと『生還する』を念頭に行動する稀有な存在だった。小倉の行動にはきちんと指標がある。高額な医療費を支えるために、スコアの現金化が必要だったからだ。

なんのために〈犯罪特区〉にとどまるのか理由がしれない阿仁と違うところだ。

だが、今は手駒として大事な場面も阿仁に任せなければならない。

――今後が不安だけど、仕方ない。

小倉を突き放すような言葉で送り出したのは、わざとだ。まじめな男なので、後でうじうじと抜けたことについて悩むのが風間にはわかっていたから。

——おそらく、もう一緒に仕事することはないだろう。

なので、恨まれるくらいの別れ方がちょうどいい。

長野文四郎という男について考える。表向き飄々（ひょうひょう）とした人物を演じているが、激しい怒りを抱えているのだということはすぐに分かった。

——自分と似ている。

そう思った。

だから小倉が抜けた今、目的意識がわかりやすい長野と組むのもいいかもしれないと風間は考えていた。

金貨の儀式を手掛かりに、長野は日本に来た。存在が半信半疑だった『決闘者』が間違いなく日本にいることが王子駅で知れてからは、妄執の度合いが上がっている。

目的がはっきりした人間は、操りやすい。丹生が『市街戦のデータ収集』が目的だったのと同じように。

風間には、恩人がいた。犯罪者になる寸前に引き戻してくれた女性だった。ずっと『不良』のレッテルを貼られていた自分には、まぶしいほど真直（まっす）ぐな人だった。

女性警察官で、正義の味方だった。彼女に憧れて、風間は警察に奉職した。

彼女が殺されたのが、風間には納得がいかなかった。事件は不自然に幕引きされ、未解決事件とされてしまった。これを再発掘するためには、どうしても『身分』が必要だっ手だ。なので、自分のスコアに興味がないわりに戦闘能力が高い丹生や長野は使いやすい相手だ。

「もっと多く効率的にスコアを稼ぎたい」

風間の願いはこれだけだ。警視正まで一気にのし上がるには、大量のスコアが必要だった。

――長野は、自分の抱える『怒り』に自分を利用している。

個人的な事情に、他人を使っている自分とは共生関係を築けるはずだ。

長野の立てた作戦は乱暴なものだったが、好きにやらせることにした。アメリカ陸軍犯罪捜査司令部なんぞに『借り』を作るのは御免だったが、長野のために交渉を買って出てやったのは、今後のパートナーシップへの試金石だ。長野は敏い男だ。そのあたりは、承知の上だろう。

「とにかく『ベトチ』を叩く。『ホセ・カルテリト』の幹部を探り出して、アメリカに情報を差し出す。まずは、そこに集中……」

作戦の手順が書かれたホワイトボードを見る。日本国内ということを考えれば、市街戦ともいえる状況だ。防衛省がデータを欲しがるだろう。

丹生を通じてできた防衛省とのコネをどう生かすか、そっちの計算にも風間は脳を回転させていた。

銃器犯罪、麻薬犯罪を助長する『セブ』勢力を更に削ぎ、『ベトチ』を壊滅寸前に追い込むことで間接的に『ホセ・カルテリト』を叩く。『ホセ・カルテリト』を叩くことによって、一切表に出てこない黒幕を引きずり出したい。

話の持っていきかたによっては、大規模な作戦になり、大量のスコアが期待できる。そんな計算を風間はしていた。

何度も読み返して、内容をそらんじてしまっている捜査資料のファイルを風間が指でなぞった。

恩人の頭に銃弾は二発撃ちこまれていた。そうやって殺された人物の捜査資料を風間はコツコツと集めていた。これは、処刑スタイル。連続殺人でもある。なぜ不自然に捜査は打ち切られ、未解決事件(コールドケース)扱いにされているのか？

――この日本で、暗殺を請け負っている者がいる……。

五年前から、同じ手口で二十人以上殺されている。風間はその違法にコピーした捜査資料を鍵のかかる抽斗(ひきだし)に納めた。

色褪(あ)せた厚紙で綴(と)じられた未解決事件の捜査資料には、同じ警察官で警視庁警務課で内部監査をしていた彼女の恩人である実姉も含まれていた。

第十一章

体に鈍痛が残っているが、三日間の入院で俺は動けるようになった。その間毎日、『日越友愛交流協会』の構成員が見舞いに来て、段取りの確認をしていく。

俺が演じているミンという男は「田舎者で真面目だが頑固で頭が弱い」という設定なので、念を入れるようにバイックに頼まれているのだろう。

バイックがミンのような下級構成員に、『ベトチ』にとって虎の子ともいうべき潜水艇を投入するのは組織内の政治的な駆け引きの一環だ。

目下、バイックは、タンのような新興勢力に押され気味になっている。

『ベトチ』設立メンバーの一人であるバイックは、カリスマである首領のファム・バー・チェットの裏方を支えることで隠然たる権力を握ることができた。容姿が理由で侮られることをバイックは理解している。他人を惹きつける才能がないこともわかっている様子だ。だから『実利』をとる途を選んだのだろう。

ファム・バー・チェットには華がある。だが、扇動することは出来ても実務の分野には才能がないらしい。人には向き不向きということがある。そこで、バイックのような裏方が支える。これが、俺の観察した『ベトチ』の構造だ。

だが、組織が大きくなると派閥が生まれるというのは、世の常である。

狭い地域の地縁組織である『ベトチ』のような組織は、その派閥争いが致命的な亀裂に発展することがある。バイックの執拗(しつよう)なタンらへの嫌がらせは、『クリーンなイメージ』であるチェットにはできない暗部を担っているのだと観察できた。

鉄の結束を誇る『ベトチ』に見つけた小さな綻びだった。戦闘員に組み込まれた丹生では探り出せなかった情報だ。

「これを、どう生かす?」

麻薬だけにとどまらず、新しく銃密輸業に参入しようとしている『ホセ・カルテリト』と『セブ』の対立軸に、ロジスティクスを担う『ベトチ』がからんでいる。

今回の襲撃事件で『ベトチ』は『セブ』と決別した。多くの構成員を失い、襲撃も失敗し、銃器密輸のトップブランドだった『セブ』の地位が揺らぎはじめている。

こうした社会の暗部では、一般社会と同じくM&Aなどの吸収合併や組織統合が起こる。大きく異なるのは、その合併や買収に、暴力が伴うこと。弱みを見せれば喰われるのが、反社会の掟(おきて)だ。

圧倒的な暴力で業界No.1を誇っていた『セブ』は面目を失った。

その結果『ベトチ』をはじめとして『セブ』に押さえつけられていた中小の組織の傘下からの離脱が進んでいるそうだ。

起死回生の一撃を、どこかに下さないと『セブ』は〈犯罪特区〉内での立場が危うい。立場を失うことは、『死』につながる。

──『セブ』をたきつけるか……。

カルト化したプレッパーやモーターサイクルギャングに潜入した際に、抗争を誘発させるのは、何度か仕掛けた経験がある。

南米の麻薬カルテルが面倒見（ケツモチ）になっている『ホセ・カルテリト』との直接対決は『セブ』も避けるだろう。かといって、無名の小規模な組織を潰しても、功名にならない。ある程度名前の知れている『ベトチ』はちょうどいい相手だ。

ショットガン方式の輸送任務で『ベトチ』は『ホセ・カルテリト』の庇護を求めた。

『セブ』との全面抗争となれば、同じく救援要請をする可能性があった。

──そうなれば王子駅の時と同じくホセに雇われている『決闘者』が出てくる。

ホセにとって『決闘者』は『セブ』潰しの切り札だ。こちらで戦場を用意してやれば、俺は奴と再会できるだろう。

調べなければならないのは、『ホセ・カルテリト』の仕入れ担当の幹部だ。それをアメリカ陸軍犯罪捜査司令部（CID）のジョン・スミス少佐に差し出すことを約束すれば、伝説のスナイパーであるボブを使うことができる。

自分の陣営に俺が演じるミンを取り込もうとするバイックの帳簿や打合せ資料を見ることができれば、仕入れ担当幹部の名前はわかるだろう。

『日越友愛交流協会』の構成員との打合せは、ボタン型ＣＣＤカメラ兼マイクによってすべて風間へ筒抜けになっている。

これらの情報は、警視庁に共有され、所轄との合同作戦に組み込まれていく。同時に風間のスマホに仕掛けられたウイルスによって、警察庁にも窃視されているだろう。

おそらく、〈犯罪特区〉外の『ベトチ』の拠点である『日越友愛交流協会』はガサ入れの対象となり、以降は公安の監視対象になる。外国人犯罪の拠点の一つをつぶすことができるのだ。

「さすが田舎者は頑強だ。もう動けるのか？」

そういって、交流協会の構成員が笑う。交流協会はホーチミンやハノイ出身の都会者で構成されている。俺が演じているミンのような田舎者を侮る傾向があった。

侮られている方が、付け入る隙は大きい。俺が撃たれたときに背負っていたリュックサックを持ち帰ることが容認されたのは、その侮りによる。

輸送任務を受ける時に言われた規定「持ち帰るか、相手に届けるかしないと、放棄してはならない」を盾に、俺はかたくなにリュックサックを手放さないでいた。

もちろん手放すことを説得されたが、俺は首を縦に振らなかった。交流協会の男は面倒くさくなったようで「好きにしろ」と匙(さじ)を投げた。

それで俺は、リュックサックに十キログラムのＣ４爆弾を仕込むことができたのだった。信管や起爆装置のセットはお手のものだ。あとは、俺の移送に使われる潜水艇の中に隠すだけ。

俺がオーダーした段雷の手配と設置は阿仁がやってくれるらしい。彼は、築地と『ベトチ』の本拠地となってしまった月島の突端を結ぶ築地大橋のたもとに待機していて、俺の合図を待っている。

ＥＭＰ爆弾を使った検問突破以降、橋の往来監視は強化されて築地大橋の築地側にはプレハブ型の臨時駐在所が出来ている。所轄は築地警察署で、麻薬中毒者が〈犯罪特区〉に渡るのを取り締まるのが目的だ。

ただし〈犯罪特区〉住民の往来はある程度黙認されることになるらしい。普通の警察官だと、彼らの相手など命がいくつあっても足りないからだ。かといって、第一〇三分署に自分たちの所轄を割譲するのも抵抗がある。

これが、築地大橋を犯罪者や麻薬中毒者たちの抜け道にしてしまった原因なのだが、気持ちはわかる。自分たちに出来ないことを第一〇三分署に押し付けている負い目と、分署の無法ぶりに対する法執行機関としての反感があるのだ。

無許可の大量の段雷打ち上げ黙認も忸怩たるものがあるのだろう。本来なら消防本部に許可申請書を出し、警備計画をもとに消防と警察の連携が必要になる。それを、〈犯罪特区〉に向けて打ち上げるということで、黙認せざるを得なくなっている。

勝手に住み着いている住民と打合せもくそもないのが現状だ。

かくして、阿仁は電気発火装置を嬉々として用意し、段雷を並べて準備を整えている。花火打ち上げの専門家も呼んだそうだ。その人件費は警視庁もちになる。

風間は、匿名で『セブ』の協力者に成りすまして、俺から得た『ベトチ』の情報を横流ししていた。

俺の予測通り『セブ』はその情報に飛びついたそうだ。当初は虚報を疑われたが、『ベトチ』末端の構成員を拉致して拷問し、情報の確度も確認したらしい。

結果、風間の情報は信用されたとのこと。あとはシナリオどおり『ベトチ』と咬み合わせるだけだ。そのあたりの工作は、そつなく風間がやっている。

個室に移された病室で、俺は延々とストレッチに励んでいた。打撲による体の痛みや筋肉のひきつりは、これから始まる荒事には命取りになる。

体中に出来た痣は、黄色や紫といったカラフルな色合いになり、つまりは回復傾向にある。九割がた体調は元に戻っている。

ばならない。

あとは、部屋に残したSAAを回収し『ベトチ』の新旧の主要メンバーを仕留めなければならない。

俺と風間が仕掛ける混乱で『セブ』も『ベトチ』も深手を負うだろう。風間は大量のスコアを挙げることができる。

風間は『ベトチ』の防備の穴を『セブ』に流すと同時に、『ベトチ』に『セブ』が襲撃してくる可能性もリークしている。

すでに『ベトチ』は『ホセ・カルテリト』に救援要請を出しホセは受理したらしいとの噂を風間は入手している。

差し向けられるのは『決闘者』である可能性が高い。今度こそ、万全の体調のまま俺の射程内に奴を捉えることができる。広いアメリカをあてどなく探すより、ぐっとエリアは絞れた。

風間の俺の扱いが、やっと相棒らしくなってきたのも、俺の仕事をやりやすくしている。相利共生の歯車が噛み合ってきた。

私的な目的のためにお互いを利用しているのだ。やりやすくて合理的な方がいいと彼女も方向転換したのだろう。信頼する小倉が抜けたのも大きな要因だ。

退院の手続きをする。院内処方箋で病院内薬局から鎮痛剤を受け取り、着替えをリュックサックに詰める。中に入っていた鉄くずは阿仁から渡された十キログラムのＣ４爆弾と交換した。六十センチ厚のコンクリートの壁を吹っ飛ばすほどの分量だ。潜水艇の壁ならおそらく抜くことができる。密閉された潜水艇内部は、爆圧が乱反射して人間も精密な機器類も助からないだろう。潜水艇は単なるスクラップになる。運用のために訓練を受けた人員も失われる。

高張力鋼を使った全長十四メートルの本格的な潜水艇は乗員十名で運用されている。積載量は最大十トン。安全航行深度は七十メートル。これが『ベトチ』の安全で確実なロジスティクスを担い、銃器や麻薬が〈犯罪特区〉を介して日本国内に流れる。

百戦錬磨のアメリカの沿岸警備隊でも苦戦するのが潜水艇を使った密輸だ。警視庁では対抗手段さえない。なので『ベトチ』の潜水艇爆破は急務だった。スコアも高い。

俺は、『日越友愛交流協会』の担当者とともに、若洲(わかす)にあるマリーナから個人所有のクルーズ船に乗ることになる。沖合十二海里(カイリ)（約二十二キロメートル）で待機している潜水艇に乗り込み〈犯罪特区〉に帰還する段取りらしい。

また別の商取引のついでということだろう。また、麻薬や銃火器が日本に持ち込まれるのだ。そして、それを捕捉する能力は、今のところ警視庁にはない。

受け取っていた金で、入院費を支払い、ベッドに腰かけてぼんやりと交流協会の担当者を待つ。

潜水艇の艦内図は頭の中に叩き込んであった。同型の潜水艇がアメリカで拿捕され、ジョンを通じて情報提供があった。

トイレに設置するのが一番効果的なこともそれで計算できた。密閉された空間で爆発させた方が壁を抜きやすい。寄港したタイミングならば隔壁も開放されているはずで、トイレのドアを吹っ飛ばした爆風は潜水艇内を走り抜ける。もしも潜水艇内に乗員がいたなら、鼓膜も肺も破裂して助からないだろう。

あとは、ミンという愚直な男を演じ続ければいい。

初対面から、ミンを小馬鹿にする態度の担当者が、俺を迎えに来る。つまらない仕事を割り当てられて不満なのが態度に出ており、ベトナム人の特徴である『プライドの高さ』が悪い方に出た例だった。

俺は恐縮する態を装ってぺこぺこと頭を下げ、送迎の車に乗り込む。ドイツ製の高級車で『ベトチ』の羽振りの良さを象徴していた。

若洲マリーナに向かう間、何度も担当者はため息をつき、そのたびに俺は小声ですいませんと呟く。

港区にある病院から、三十分もかからず目的地についた。

案内されたのはいわゆる全長二十メートルほどの高級クルーザーで、日本のバブル経済時代にこぞって買われた成金趣味の下品な船だった。今は、犯罪者が自分たちのステータスを示すのと、密輸の手段としての機能で、クルーザーを買う。売春婦を乗せて接待などにも使うらしい。

人を輸送するのにも慣れているのか、日本人らしきクルー三人が無言のまま俺に視線を合わせることなく出航の準備をしていた。

外国人犯罪者に一級船舶免許を使うことについて、聞いてみたい気がしたが、やめておいた。俺が演じているミンはそんなことに興味を持つタイプではない。

わざとおっかなびっくりという様子で桟橋から船に乗り込む。『日越友愛交流協会』の担当者とは、ここで別れることになった。俺が演じるミンは、卑屈にぺこぺこと頭を下げ、担当者はぞんざいな態度で日本人クルーに「出せ」とハンドサインを送っている。うつむいた船長が「チッ」と舌打ちしたのが聞こえた。

「死体を捨てる作業よりマシだろうがよ」

重石をつけて、十二海里の外で死体を投棄することも多いらしい。貪欲な深海生物があっという間に骨だけにしてくれるそうだ。

俺が日本語がわからないと思って、そんなことをクルーたちがしゃべっている。

こうしたデータは、風間を通じて集積されていく。この三人も『日越友愛交流協会』ガサ入れの際に、同時に潰されるのだろう。

外国人犯罪に手を貸すということは、そういうことだ。

※　※　※

東京湾から外洋に出ると、波のうねりの質が変わった。

船長はGPSを起動させて、何かの信号を探していた。クルー二人は双眼鏡をもって、周囲の海域を見回している。

「このあたりだ」

船長が言う。沖合十二海里。いわゆる公海上だ。彼らが探しているのは、水密処理されたトランク。浮力調整されていて、水面下五メートルほどを漂っているそうだ。ビーコンがついたブイが水面にあり、双眼鏡で探しているのはそれらしい。

「あった、3時の方向」

右舷で監視していた男が叫ぶ。先端が鉤爪(かぎづめ)になっている棒で手繰り寄せる。カジキマグロのような大物釣り用の小形クレーンがクルーザーの船尾にあり、手繰り寄せた鎖にフックを繋ぐ。

海中から引き揚げられたトランクには、ビニールで厳重に封をされた白い結晶状のものがあり、ハングル文字が刻印されていた。北朝鮮製の覚醒剤だろう。コンテナにビニールでパッケージングされたアメリカドルを詰めて、トランクを再び海中投棄する。どこかで待機している北朝鮮の遠洋漁船が、これを回収に来るという段取りだろう。アメリカによる経済制裁の効果が薄いわけだ。

クルーザーは、舵を切って日本の沿岸にもどっていく。今度は潜水艇とのランデブー地点に向かっているらしい。

特別な機器はいらない。スマホのGPSアプリだけで、これだけの犯罪行為ができてしまう。

夕闇迫る東京湾沖合で、ライトが照射された。

浮上した潜水艇が合図を送ってきているらしい。微速で航行し、潜水艇の近くで停船すると、ゴムボートを舷側に降ろす。コンテナから取り出した北朝鮮製覚醒剤らしきパックを積み下ろしていく。

「おい」

作業を見ていた俺に、ゴムボートの男が言う。乗り込めということだろう。俺はへっぴり腰でボートに降りた。誰も手助けはしてくれなかった。

そういえば、乗り込んでから「おい」以外の会話がなかったことに気付く。俺はぺこりと頭だけ下げて、クルーザーに別れを告げた。

ゴムボートの男も、相変わらず俺と目を合わせず会話もない。小型船外機を黙々と操作し、波間に浮かぶ潜水艇に近づいていく。

潜水艇のデッキには、コロンビア人の副長とベトナム人クルー三人が寄せる波に足を洗われながら待っていた。

横づけしたゴムボートから、覚醒剤のパッケージを手渡しでベトナム人が潜水艇内に運び込んでゆく。俺も手伝おうとしたが、ゴムボートの男に邪険に突き飛ばされてしまった。苦笑を浮かべて後方に下がる。

「くそグエンども……」

侮蔑の言葉を男がつぶやいたが、聞こえないことにした。ここで悶着を起こしても仕方ないからだ。

覚醒剤を積み終わったら、最後に俺が潜水艇に飛び移った。それを待ちかねていたかのように、ゴムボートはクルーザーに引き返していく。

人懐っこい顔のコロンビア人副長が、転倒しないように俺を支えてくれる。

「意外とバランス感覚がいいな」

そういって笑う。流暢な北ベトナム語だった。勉強したのだろう。

「川船の渡し場で働いていたからね」

「短い航海だが、歓迎するよ。狭いのは勘弁してくれ」

デブなら通れないハッチをくぐると梯子があり、その下は横二メートル、高さ二メートル、縦五メートルの水密室になっていて、船倉を兼ねているらしい。ロッカーがあり、そこにはスキューバダイビングの道具などが収納されている。潜水艦の構造は詳しくないが、この水密室の両脇にバラストタンクがあり、後方に機関室、船首側には操縦系が集まっているらしい。

俺が案内されたのは、船倉と操縦系のエリアを繋ぐ廊下で、横幅一メートルもない寝床と息が詰まるほど狭いトイレがあった。

その廊下に折り畳み式の椅子がおいてあり、そこが俺の席らしかった。

「船酔いは大丈夫か？」

ペットボトルの水をもってきてくれながら、副長が俺に気遣う。

「ちょっとヤバいです」

俺は船酔いなどしたことないが、自然にトイレに出入りできるように、げっそりした面持ちで、そう答えた。

「間もなく潜航する。そうすれば揺れも収まるからな。三時間ほどの航海だ。気楽にしてくれ。あ、操舵室、機関室には入らないでくれ。この『広間』にいてくれよ」

体を横にしないとすれ違うこともできない廊下が、この潜水艇では『広間』と呼ばれているらしい。狭いギャレーまであるので、ここが全長二十メートルほどの潜水艇の生活の拠点なのだ。

やや床が傾きエンジン音からモーター音に変わる。窓がないのでわからないが、潜航を開始したらしい。なるほど、確かに船体の揺れが変わった。

バラストタンクが空気を噴出する音が聞こえ、シュノーケルによって空気を取り入れるディーゼルエンジンから、モーターに切り替わったことが振動で理解できた。

深度七十メートルで釣合調整(トリム)があり、床面の傾斜はなくなった。

このまま、海上保安庁にも警視庁にも関税にも発見されることなく、十数キログラムの覚醒剤が運び込まれることになる。

麻薬カルテルによる潜水艇を使った密輸方法が周知徹底され、厳しい監視対象になっているアメリカでもなかなか摘発が難しい手口だ。日本では手も足も出ないだろう。

C４爆弾が詰まったリュックサックを抱えたまま、俺はうつらうつらしていたらしい。座ったままだったので腰と尻が痛くなっていて、立ち上がってストレッチをする。

操舵室の水密扉が開いて、副長が顔を出す。

「もうすぐ月島だ。下船の準備をしてくれ。狭かっただろ？　タバコも吸えず不便だったと思うが、もう終わりだ。俺ももうすぐ、潜水艇指導の仕事も終わりなんだ。やっと故郷に帰ることができるぜ」

そんなことを俺に言って、ウインクを寄こしてくる。

「そうか。日本の夏は最低だから、早く離れられるといいな」

多分、彼はここで死ぬ。俺がここに爆薬を仕掛けるからだ。副長は親切にしてくれたが、情は移さない。これが潜入捜査の鉄則で、俺はその鉄則に従ってきたからここまで生き延びることができた。

狭いトイレに入る。クルーが浮上の準備をしていて、『広間』を行き交う足音が聞こえる。

俺はスマホを雷管につなげた。潜水艇が潜航すると電波が通らなくなる可能性があるので、スマホによる遠隔での起爆装置はリスクがあるが、輸送任務を終えると一週間のメンテナンスに入るのを俺は知っていた。その間、潜水艇は浮桟橋に係留されている。

下船してから一週間。それでカタを付ける。潜水艇の爆発は俺と風間が仕掛けた『セブ』との抗争を更に混乱させるはずだ。混乱が大きければ大きいほど、俺は仕事がやりやすくなる。

トイレのタンクの中にＣ４爆薬と起爆装置を隠す。下船準備のブザーが鳴ったのを確認して、俺はスマホの電源を入れた。

船倉に戻って、覚醒剤の搬出作業が始まる前に、ハッチを潜る。

人が一人立てるほどの足場しかない船橋に副長が立っていて、俺に握手を求めてきた。

俺はその手を握った。

「幸運を、グェン。どこのグェンか知らないが」
「あなたにも幸運を」

※　※　※

俺が真っ先に向かったのは『ベトチ』に割り当てられた自室だった。律儀に施錠されていたがマスターキーの管理はバイックだ。侵入して室内を漁った可能性は高い。その場合、コルトSAAはもちろん見られただろうが、クラシックな銃をコレクターアイテムとして集めている者は多い。俺はそれで通すつもりでいた。SAAと愛用のガンベルトはいじくりまわされているのを覚悟のうえで、木箱を開ける。.45ロングコルト弾もそのまま手つかずのまま置いてある。動かされた形跡はなく無事だった。

何か細工されていないか、コルトSAAをじっくり観察する。弾も一つ一つ確認した。火薬を抜かれた弾を使わされて、死にかけたことがある。なので、すり替えがわかるように手には弾の重量を覚えこませてあった。

何か考えがあったのか、バイックは俺の部屋に侵入しなかったようだ。『ベトチ』も組織が大きくコントロール出来ると踏んで味方に引き入れることにしたのだろう。俺をうまくコンくなり、タンたちのような不平分子が出てきている。組織内の粛清は不可避だ。

その時に俺が演じているミンのような愚直な人物が信用できる。日本のことわざで『馬鹿とはさみは使いよう』というものがあるが、バイックのミンへの評価はそんなところだろう。油断がある。愚直で戦闘能力が高いミンを演じきった俺の勝ちだ。

SAAの撃鉄を半ばまで起こす『ハーフコック』の状態にする。ローディングゲートを開けて、輪胴(シリンダー)を回しながら一発ずつ弾をこめていく。

SAAは現代のリボルバーと違い、輪胴を外に振り出して一気に排莢し、スピードローダーで弾を装塡する構造ではない。それゆえ堅牢で西部開拓期に過酷な環境で暮らすカウボーイに愛用されたのだ。

久しぶりにガンベルトを巻く。ホルスターはバックルに近い変則的なポジション。体を相手に向かって横向きに構え、ひねりながら銃を抜く『イアイ』のためのポジションだった。

俺が物心ついてから、延々と磨き続けてきた抜き撃ちの型。『決闘者』に殺された父親の遺品ともいえる技術だ。

ガンベルトを巻き、ホルスターにSAAを突っ込むと、ガン・ショー一座の旅から旅への生活を思い出す。

その『旅』が、アルコール・タバコ・火器及び爆発物取締局の内偵調査を兼ねていたことを知ったのは、父の死後だった。

ショーには土地の顔役とのつながりが不可避だ。利権も絡むが、それがリーガルなものとは限らない。こうした情報は俺の父親を通じて法執行機関に上げられていたのだが、誰かに発覚してしまった。

差し向けられたのは『決闘者』。単なる連続殺人鬼だったのだが捜査機関の手が伸びているのを悟って、マフィア専属の殺し屋になってアンダーグラウンドの庇護を求めた卑怯者だ。

俺の父は、コイツと対峙して、撃たなかった。そして、『決闘者』は父の両手両足を撃ち抜き、頭だけを出して木箱に詰め、鉄条網で崖にぶら下げた。滑車につながれた木箱を支えたのは俺だった。父は『決闘者』に銃を抜かなかった。決闘を至高とするサイコ野郎には許せない態度だったのだろう。決闘を穢(けが)した俺の父に与えた罰がこれだ。木箱を支える息子の姿を見せつけること。息子には父を救えなかった罪悪感を植え付けること。

「興覚めだ」

鉄条網で掌を裂きながら必死に木箱を支える俺に『決闘者』が言ったセリフだ。それが今でも耳から離れない。

ぐらりと腹腔の奥が煮えた。トリガーに指をかけずに、ホルスターから銃を抜く。痛めつけられた体だったが、問題なく抜き撃ちができそうだった。コンディションは悪くない。

深く深呼吸をして『ミン』という仮面をはがしていく。今の俺は、西部最速のガンスリンガーの血統を受け継ぐ『長野文四郎』だ。

「まず、タンを仕留めに行く」

ボタンのCCDカメラに宣言して、俺は部屋を出た。

バイックが猫なで声で俺を見舞い、特別扱いで帰還させたのは、裏切られたミンがタンらに対して激怒していると思っているから。

殺し合いをさせる気だ。あえてそれに乗ってやる。愚直で真面目なミンなら、タンの裏切りを許さないだろう。帰還したらまずタンを殺しに行く。

バイックは高みの見物をしているだけでいい。タン一味が死ねばベスト。不平分子のヘイトはミンに集まり、コントロールがしやすくなる。

ミンが死んでも、いずれ不平分子になりえる人物が消えるだけだ。どう転んでもバイックに損はない。

第一〇三分署の地下にある俺にあてがわれたシューティングレンジのコンテナハウスで、風間がこの様子をモニタリングしていることだろう。

築地大橋のたもとでは、阿仁が花火職人と一緒に待機して出番を待っているはずだ。

小倉は、妻に寄り添っているのだろうか。

俺が向かったのは、タンたちのたまり場になっているバラックだった。

バイックがタンたちに向ける嫌悪はベトナム人にありがちな出身地域による差別意識なのだが、何度死地に追いやっても生還するタンたちは、被差別でくすぶっている南ベトナム人の旗印になりそうな傾向があった。

バイックが俺を取り込む動きを見せるのは、俺が演じる『ミン』が、タンたちに裏切られた男だから。殺しの動機があるのだ。

俺は、その状況を活用させてもらう。タンたちを仕留めれば『ベトチ』内部の派閥が一つ潰れるわけで、大きく勢力は衰える。

それに『ベトチ』を〈犯罪特区〉屈指の組織に押し上げた潜水艇は、運用をインストラクターから学んだベトナム人クルーと一緒に爆散する。

悪のロジスティクスを担う『ベトチ』の勢いを大きく削ぐのは、日本の治安回復に大きな意味があった。

バイックが常に持ち歩いているUSBメモリの奪取が、タンの始末の次のミッションだ。PCにデータを残さない用心深いバイックは、大容量のメモリを肌身離さず持っている。取引の全貌が、そこに隠されているわけだ。俺がそれを回収することで、麻薬や違法な武器の流通経路を知ることができる。

これは、アメリカ陸軍犯罪捜査司令部から派遣されてきているジョンに渡す約束になっていた。

廃棄されたはずのベレッタM9がどこからどこに流れたのか、ジョンは知りたがっている。虎の子であるボブを俺の護衛につけているのは、その情報を俺が探り出すことを期待してのことだ。

俺の前任者である丹生が調べ上げた情報と、俺の潜入捜査の情報が、やっと結実する。重武装した外国マフィアを刺激する可能性があるので〈犯罪特区〉内では大規模なガサ入れは出来ない。

だが、抗争を誘発することによって、それと同等以上のダメージを与えることができる準備は整った。

〈犯罪特区〉外でも、同時進行で『ベトチ』協力団体がガサ入れされる。内偵も終わり、あとは着手を待つばかりだそうだ。その着手の合図は、俺だ。

俺は『ベトチ』の敷地の中で、一種の不可侵エリアになっているタンたちのたまり場のバラックに向かった。こいつらは生かしておくと、いずれ『ベトチ』の中で勢力を拡大しかねない連中だ。今のうちに摘んでおいた方がいい。

バラックからは灯りが漏れている。タンたちは互いを守るため常に三人で行動する。おそらくあそこにそろっているだろう。

俺はホルスターの脱落防止の留め金を外して、ＳＡＡの据わりを確認する。ガタピシ鳴る引き戸を開けた。

タン、ナム、ビンの三人が寛ぎながら酒を飲んでおり、俺を見てニヤリと笑った。

「おやおやおや、不死身のヒーローのお出ましか？」

道化者のビンが大袈裟な身振りで、俺を讃える。首領格のタンは底光りする眼で俺をにらみ、ナムは首の傷を掻いていた。

「おっかない顔すんなって、ミン。生き残るためだ。悪く思うなよ」

ビンがおどけながら、ゆっくりと左に動いてゆく。ナムはお気に入りのロッキングチェアーから降りて、後ろに下がってゆく。下がりながら、腰の裏に手を回した。ヒップホルスターのボタンを外す小さな音が聞こえた。

タンは薄く笑いながら、右へと動いた。俺を中心に扇形に散開した形になる。やはり、コイツらは荒事に慣れている。斉射されないポジションをとったのだ。

彼我の距離は至近のビンが五メートルほど。正面のナムは七メートル。タンは六メートルほどか。

微妙に俺との距離を変えるのも、連射を難しくする工夫だった。

「俺たちを恨むのは、筋違いってもんだ。バイックを恨めよ」

タンはそういいながら二人と目くばせする。俺は左足をゆっくりと前に出し、彼らに対して体を横向きにした。

「よく見たら、骨董品の銃じゃねぇか。カウボーイかよ」

ビンがあざけ笑う。だが、タンもナムも笑わなかった。タンがそろりと腰の裏に手を伸ばした。

「牛は飼ったことはない」

俺がそう答えると、タンがまた薄く笑う。交渉の余地があると思ったのだろうか。彼らは俺の銃の腕を知っている。一対三で負けるとは思っていないが、誰かが負傷するかもしれないとは思っているはずだ。

「俺と組め。バイックを殺して、実権を握ろう。ミン、お前も仲間に入れてやるよ。幹部待遇を約束する」

タンの言葉。こんなことで懐柔される奴だとミンは思われているらしい。

ビンが口笛を吹く。古い西部劇の曲だった。

「だめだ。殺気が消えねぇ」

ナムが首の傷を指でなぞりながら言う。

「仕事なんだ。あんたらには死んでもらう」

俺の言葉にビンが口笛をやめた。三人の表情が抜け落ちてゆく。俺を殺す気だ。

「なんだよ、バイックに取り込まれたか?」

タンが笑みの形に唇をゆがめたが、その目は殺気を湛(たた)えて青く光っている。

「バイックにも死んでもらう。どっちにしろあんたらは、今日でおしまいだよ」

「そうかよ」

鋭い吐気がひゅっと鳴った。最初に行動を起こしたのはビンだった。Ｍ９とヒップホルスターが擦れる音が聞こえた。人間はアクションを起こすときに呼吸が変わる。俺はそれを読む訓練を父親から受けていた。

タンとナムがそれに続く。同時に発砲したように見えて、僅(わず)かなタイムロスがある。

俺は瞬時に撃つ順番を決めていた。

横向きに捻りながらＳＡＡを抜く。抜きながら親指で撃鉄を起こし、トリガーを引く。

両手保持でベレッタＭ９を構えたビンが、強力な.45ロングコルト弾を胸に受けて後ろに吹っ飛ぶのが見えた。

シリンダー脇から漏れる火薬の激発の炎に左手の掌を焼きながら、撃鉄を撫でるようにする。トリガーを引いたまま左の親指で撃鉄を起こし銃口をタンに向けて撃つ。一連の撫でる動きで薬指で再び撃鉄を起こして撃つ。

ガン・ショーで人気の演目『煽撃ち(ファニング)』の一種『トリプルショット』だ。

銃声は一つだけ。三人がほぼ同時に吹き飛ぶ。

「あ、あ、ちくしょう、何が……起きた」

最後に撃ったナムだけ、わずかに致命傷を外したらしい。俺は這いずるナムを足で踏んで押さえ、後頭部にとどめの一撃を放つ。タンとビンは心臓をぶち抜かれて即死だった。

第十二章

俺は『私闘を行った』ということでバイックの部下の保安係によって逮捕され、第一棟にある倉庫に拘束されることになった。いわゆる営倉送りだが、懲罰というよりはタン支持者の報復から俺を保護する意味合いがあるようだ。

その証拠に武装解除されず、私物のスマホも没収されなかった。看守もいるが、彼らはバイックの子飼いの連中で、要するに俺の護衛ということになる。

長い間、排除できなかったタン一味を始末出来て、バイックはかなり機嫌がいい。あっさりと『不死身』と讃えられていたタンを殺したことで、俺が演じているミンは『ベトチ』内部で良くも悪くも一目置かれることになり、俺の庇護者を名乗るバイックの名声は上がった。

すでにタンに同情的だったバイック体制反対派閥への粛清が始まっていて、何人かが殺されたり追放されたらしい。

首領のチェットがそれを黙認したこともあり、『ベトチ』内部はチェット＝バイックの権力構造が再び強固になったようだ。

バイックは、ミンと親密であることを『ベトチ』内でアピールし、タンらの台頭で危うかった組織内の立場を回復させた。

ここまでは俺の想定内だが、バイックの猜疑心の強さがどれほどか、読み切れていない。『ベトチ』の物流の流れ。バイックが肌身離さず持っている帳簿データが入っているUSBメモリ。この二点を俺が入手できるかどうかが、これからのポイントになる。どれほど、俺が信用されているかを慎重に見定めなければならない。

俺が演じているミンは、愚直な田舎者という設定だが、軍隊経験者で銃の腕が良く、コルトSAAをコレクションで持っているという裏設定をバイックには見せた。戦闘要員として優秀であることは十分理解しただろう。あとは、『実は頭が切れる』という側面を自然に見せたいところだ。

猜疑心の強いバイックには『腹心の部下』という者がいない。利用できるかどうかが、バイックの価値基準である。ミンが「腕が立ち、頭も切れるが、真面目でコントロールしやすい」という人物だと査定したなら、バイックは必ず利用してくる。

スマホから音楽を聴いているふりをして、骨伝導イヤホンをはめる。服に縫い付けたボタン型CCDカメラ兼マイクに、読唇されないよう監視カメラから顔が隠れる角度で小声でぼそっと話す。

「あと一歩踏み込みたい」

『腕見せたから、次は頭よね。バイックの参謀になるつもりでしょ？』

風間の声がイヤホンから聞こえる。彼女の意外な才能に驚く。次の手をどうするか、俺と同じ思考で作戦を考えていたようだ。単なる粗野な女だと思っていたが、現場指揮官には向いているのかもしれない。

「手土産が欲しい。何かいいネタはないか？」

護衛の看守役の男が横目で俺を見ていた。護衛兼監視。バイックらしい手口だ。話の内容は聞かれていないし、まさかボタンが送信装置になっているとは気づいていないはず。ぶつぶつ独り言を言っているという認識だろう。

『作戦の骨格はセブを扇動すること。だから、セブから一人切り離してそっちに逃がしましょうか。それをアンタが捕らえる。セブ襲撃の情報をしゃべらせて、防備を固めさせるってのは？　防備の穴をアンタがあたしに流して、あたしはセブに流す。双方大ダメージといこうじゃないの』

悪くない作戦だ。今回の輸送作戦阻止の失敗で、銃器麻薬密輸の老舗『セブ』の評判は地に落ちた。そういう時は、都合のいい情報を鵜呑みにするものだ。疑心暗鬼も強くなっているので、誰かを離反させる工作もしやすい。

「いいね。それでいこう。第一棟の警備部門に内定しているそうなので、営倉送りが終わったら連絡する。それまでに、ネタの仕込みを頼むよ」

『了解。そういうの、得意。あとさ、アメリカから大量のメール来てんだけど。アンナ・バーソロミューって娘。インスタで検索したら、未成年の女の子じゃない。すっごい美少女だけど、アンタ、まさか……ロ……』

「変な勘繰りはやめてくれ。DV被害を受けていた子だよ。保護したんだ」

アンナのことはすっかり忘れていた。バイックの猜疑の目のために、だいぶ精神を削られている証拠だ。くそ！　腹が立ってきた。

『あっそ。どうだかね。あっちはアンタにベタ惚れみたいよ』

「彼女はまだ子供だよ。俺の庇護を求めていたんだ」

『唐変木だねぇ。女はおしめしている時からもう女だよ』

俺には雑談をする余裕がない。苛ついただけだ。風間としては、緊張の糸をほぐしたかったのかもしれないが。

「セブを巻き込む作戦には、必ずホセをからめてくれ。ホセが動けば『決闘者』も動くはずだ」

そう言いおいて、俺はイヤホンを外した。

※　※　※

俺の拘束が解けたのは、タン一味殺害から三日後のことだった。

つまり、内部粛清が終わり俺は安全になったということなのだろう。

第一棟・第二棟を守る第三棟の前には元操車場の広場があり、五人の死体が転がっている。俺が射殺したタン、ナム、ビンの三人と、顔は知っているが名前は知らない二人だった。

反バイック派の主要人物だろう。見せしめである。平和に暮らしているので錯覚してしまうが、コイツらは犯罪者集団なのだということを再認識する光景だ。

『ベトチ』は、非合法品のロジスティクスのほか、偽造ブランド品などの工場も第二棟に作られていて、不法滞在の若い女性や荒事に向かない男性などがそれに従事している。俺が営倉から解放されたときは、ちょうど工場の退勤の時間だった。

笑いさんざめきながら、彼ら彼女らが食堂に向かう姿はまるで工場街の光景だが、晒しものにされた死体を見ても、誰も別段反応することもない。

その様子を第一棟の屋上から眺めながらマルボロを咥えていると、バイックが俺の隣に並んだ。

「平和なものだろ？」

手すりに寄りかかり、ネズミに似た醜い顔をゆがめる。微笑したのかもしれない。

「そうすね」

曖昧な回答をする。バイックのすり寄りは願ってもないことだが、朴訥な『ミン』なら困惑する場面だからだ。

「構えるな、ミン。君はよくやった。『敵の敵は味方』だろ？　うん？」

古びたジッポーライターでタバコに火をつける。タバコは、視線や意識をそらす際にいい小道具になる。五年以上続いた禁煙は台無しになってしまったが。

「奴ら、俺を裏切りやがった。許せん」

俺が紫煙とともに吐いた言葉を聞いて、バイックが笑った。

「そういえば、ゲスなクズ野郎集団の真弘幇（ジンホウパン）を襲撃したのも、彼奴らの裏切りだったな。君の『逆鱗』が分かった気がするよ」

俺は返事をしなかった。ミンは気の利いた返しができるタイプではない。

「俺は、自分をまともに扱ってほしいだけです」

短くなったタバコを携帯灰皿に突っ込みながら、ぶっきらぼうに返事をする。

俺の言葉にバイックが深く頷いた。

「そうだな。『ベトチ』のはじまりはソレだ。日本が推し進める『人事交流』『研修留学』

は、安い労働力をこき使いたいだけだからな」

そういう側面も指摘されているが、ずいぶん偏った見方だと思った。首領のチェットは犠牲者の一人で、バイックも質が悪い業者にひどい目にあった手合いなのだろう。だからといって、犯罪に手を染めていい理由にはならない。

「この国はクソだ。そう思う」

ミンが回答しそうな言葉を選んで言う。バイックの耳には心地がいい言葉だったようだ。

「私は君に居場所を与えることができる。信用しているからな。励め」

俺の肩をぽんと叩きながら、バイックが仕事に戻ってゆく。彼にはほぼプライベートの時間はない。バイックは悪党であるが勤勉で有能だった。ベクトルが犯罪の方面に振れてしまってはいたが。

ぶらぶらと、暮れなずむ『勝どき五丁目親水公園』まで歩く。タンたちが携行EPM爆弾を使ったことで警視庁と第一〇三分署をブチ切れさせたせいで、〈犯罪特区〉外からの麻薬中毒者の侵入を築地警察署が臨時派出所を作って築地大橋のたもとで防ぎ、橋の中央には第一〇三分署の臨時検問所が出来ている。

国土交通省から借りたクレーン船で、コンクリートブロックと鉄屑を詰めたコンテナと住居ユニットであるプレハブを組み合わせたものだ。設置時間はわずか七時間。別名『一夜城』というらしい。

鉄屑が詰まったコンテナは一種の中空装甲で、ロケットランチャーなどが使われることがある〈犯罪特区〉らしい防備のための構造だった。

この二つの派出所のおかげで、ジャンキーは入ってこず、〈犯罪特区〉の住民は築地警察署を蹴散らして出て行くことができなくなっていた。

ジャンキーが来なければ、売人は来ない。『勝どき五丁目親水公園』は静かな場所に変わりつつあった。

売人に偽装したバイックの監視員もいないわけで、比較的安全な場所になっていた。

私物の防諜処理されたスマホで風間に連絡をとる。バイックに渡されたスマホは盗聴されていて使えない。

「拘束が解かれた。けっこういいポジションが用意されていたよ。『ベトチ』の心臓部が集まっている第一棟の警備副主任になったぞ」

バイックは俺を取り込みたいと思っている。なので、このポストは『ご褒美ポスト』だった。安全で報酬もいい。

『こっちの細工も進んでるよ。阿仁の段雷は設置完了。「セブ」は本国から幹部が派遣されることになって、日本支部の責任者は更迭されないよう功を焦っているところね。日本に帰化して、通訳として「セブ」に入っている男を罠にかけている最中』

風間は、そいつをコントロールして、『ベトチ』と『セブ』の武力衝突を起こさせる気だ。俺は襲撃計画を事前に読んだ態で更にバイックの信頼を得る。

「段取りは？」

『通訳の男、マサ・ヤマグチっていうんだけど、自分が利口だと思っている馬鹿で扱いやすいのよ。で、あんたからの情報を渡して「セブ」内での信頼を上げている段階』

小さな成功を何度か味わわせる。馬鹿はそれで調子に乗る。あとはタイミングを見て、致命的なミスを誘発するわけだ。

『マサ・ヤマグチを通じて「セブ」に「ベトチ」襲撃計画を立てさせる』

抗争のタイミングも規模も全部こちらでコントロールできる。できれば、双方が致命的なダメージを受けるように誘導したいところだ。

『不細工チン毛頭に持たせる情報に何を仕込むか、思案中。アンタが持っている第一棟の警備計画を参考にしたいから送ってね』

「暗号化ファイルで送ったぞ。確認してくれ。あとチン毛ってなんだ？　俺の聞き間違いか？」

『マサって男の髪、きたないチリチリ天然パーマでチン毛みたいなのよ。しかも禿げかけてやんの』

ケラケラと風間が笑う。下品な女だ。

※　※　※

俺は自分のチームを持つことになった。例によって全員の姓がグエンなので、ミドルネームも飛ばして名前で呼び合うことになっている。

チームの面子（メンツ）はクォン、ズン、ロン、バオの四人で、元はフート省ベトチ軍管区の陸軍兵士だったらしい。ナイフとライフルの意匠のバッジをつけていて、これはベトナム人民陸軍の徽章だった。

第一棟警備の主たる業務は、詰所での監視カメラのチェックと定期的なパトロール。割り当てられた区域に、『ベトチ』最重要施設である潜水艇のドックが含まれることからもバイックの信頼の度合いがわかるというものだ。

西川口の回族コミュニティへの銃器輸送任務以降、『セブ』と『ベトチ』の関係は、一触即発だった。各警備担当の対『セブ』警戒態勢は最高レベルに引き上げられていて、俺のチームも同様だった。

風間は『チン毛頭』と渾名した日比ハーフのヤマグチとの接触をはかっており、概ね成功しているらしい。

風間がヤマグチに流したのは、俺が風間に流した『ベトチ』の輸送情報と警備保安情報だ。なんとか『ベトチ』に正面切った抗争を吹っ掛けたい『セブ』にとって、警備・保安担当の俺から風間経由でもたらされるセキュリティや輸送任務の情報は喉から手が出るほど欲しいものだろう。

かなり踏み込んだ情報なので、リーク元が俺だとバレかねないが、風間はそのあたり上手く立ち回っている。

『ベトチ』内部に「長期間潜入している情報屋X」という男女すら不明の仮想人格を作り上げ、その人物をリーク元にしている。

この件でバイックはかなりピリついていて『X』が誰なのか、狩り出そうと躍起になっていた。

もちろん、俺は真っ先に疑われた。微妙に異なる情報をわざと容疑者に与えて、出所を探るという古典的な罠が仕掛けられたが、風間と俺で二重チェックして回避することができた。

ここから先は、慎重に動かないと命がいくつあっても足りない。

風間は、マサ・ヤマグチを通じて俺から入手した『ベトチ』の防備についての情報を流し続ける。

よくぞこんなすこぶる付の馬鹿を見つけて来るものだと、風間の嗅覚には感心するが、それだけ各組織への内偵を進めているのだろう。一種の才能だ。

俺や、俺の前任者の丹生以外にも非公式に誰かと組んでいるものと思われた。公安や組対の刑事が密偵(エス)を抱えるのは珍しい事ではない。

マサ・ヤマグチは典型的な、『自分が賢いと思っている馬鹿』だ。そして、手柄を横取りするタイプである。

風間は『チン毛頭』ことヤマグチの情報屋兼協力者ということで、『セブ』に内部情報を売っている。あえて安くない金をとるのは、『商売』ということにすれば相手が警戒しないため。この業界にボランティアや善意などない。徹頭徹尾ビジネスなのだ。

風間の隠し口座に振り込まれた金がどうなったか、俺は考えないようにしていた。そのあたりはかかわり合いたくない。

警察庁から派遣されて第一〇三分署に潜伏している密偵、山崎から依頼されて風間のスマホに仕込んだウイルスがどうなったのかも、俺の知ったことではない。

ここ数日で風間の狙い通り、ヤマグチの評価は急上昇したようだ。『セブ』内で小馬鹿にされていたヤマグチには承認欲求があり、風間をブレーンにそれが満たされる形になっている。

風間の提案をあたかも自分の発案のように上申しているらしい。

おかげで、何人かの『ベトチ』の主要メンバーを『セブ』は拉致することが出来た。

彼らは拷問され、ヤマグチからもたらされた防備についての情報や輸送計画が正しいことの裏がとれた。ヤマグチの名声は更に上がった。

承認欲求は麻薬に似ている。一度味わうと次を求めたくなるものだ。更に強い刺激でないと満足できないところも似ている。

ヤマグチは、風間にもっと情報を欲しがるようになった。以前は、馬鹿なりに風間からの情報を精査する用心深さがあったのだが、風間の言葉を鵜呑みにし、そのまま上申するようになってしまっていた。

風間を信頼しているのではない。依存だ。こういうところも麻薬に似ている。

ここまでやれば、ヤマグチは風間の掌の上だ。

ヤマグチは風間に勧められるままに、『ベトチ』襲撃計画を自分が考えたことにして進言したようだ。

半島のように海に突き出た形の『ベトチ』支配地域は、三方を運河と海に囲まれた難攻不落の地形になっている。

唯一の攻め口と目されている操車場跡地のがらんとした広場は、警備の要(かなめ)である第三棟が睨みをきかせて接近を許さない。

この有利な場所をめぐって抗争していたロシアマフィアは、装甲車で強行突破を図ろうとしたがRPG－7などで迎撃されて大損害を蒙った……という記録が残っている。

こうした実績の積み重ねで本拠地の防衛に関し『ベトチ』は絶対の自信をもっていて、『セブ』が全面抗争に踏み込めないのは、それが原因だった。

今『セブ』がのどから手が出るほど欲しい情報は『ベトチ』の警備計画。『ベトチ』との抗争で一度敗北している『セブ』は失敗が許されない状況になっている。

力の誇示が価値基準の〈犯罪特区〉で『セブ』は崖っぷちに追い込まれていて、下部団体の離反が起き始めている。外部に見せるわかりやすい勝利が必要だった。

武力が拮抗する『ホセ・カルテリト』と正面切って戦争する度胸は、『セブ』にはない。そこそこ名前が売れていて、自分たちより弱小な『ベトチ』は振り上げた拳を下ろすのに最適だった。『ホセ・カルテリト』寄りの姿勢を見せているので、見せしめとしても最適な相手だった。

『こっちの発案通り、「セブ」が襲撃計画を立てたみたいよ。さて、どうしますかね』

阿仁を交えて、三人で策を練った。専ら、風間が段取りを考え、阿仁はあまり口を挟まない。自分は現場で動く。考える役目は風間と割り切っているのだろう。積極的に関与しようとしていた小倉と大きくちがうところだ。

何を考えているのか、つかみどころがない。風間が俺に対して態度を軟化してきたのは、俺の方が利用しやすいからなのだろう。

第一〇三分署全体の大規模作戦にしたらどうかと俺は提案したが、風間に却下された。

理由は大人数が参加するとスコアの取り分が減るから。

風間は警察官として、治安維持や市民を守ることに重きを置いていない。

ノンキャリには殆ど到達不可能な『警視正』までスコアを稼ぎ、ごり押しで自分が指揮官となる特別捜査本部を開設することが最優先事項なのだ。

私怨を晴らすべく『決闘者』を追うのに捜査機関を利用している俺は、風間のことをとやかく言えないが。

難攻不落の『ベトチ』本拠地を墜とせるとあって『セブ』はかなり力を入れている。

売り物の武器弾薬を今回の襲撃に流用し、外部構成員も〈犯罪特区〉周辺に集めている。総力戦の様相だ。

襲撃の要は『セブ』本拠地である晴海ふ頭の倉庫群から運び出される、大型コンテナとそれを運ぶエンジンフォークリフトだ。

ロシアマフィアが壊滅的なダメージを受け〈犯罪特区〉内で弱小勢力に落ちた原因となったのが、『ベトチ』が保有する旧ソ連の携帯型対戦車擲弾発射機『ＲＰＧ－７』だ。

コンテナには鉄屑とコンクリートが詰め込まれていて一種の中空装甲のようなものだ。

ＲＰＧ－７を防ぐことが出来る。

俺が風間を通じて『セブ』にもたらした情報にＲＰＧ－７の運用マニュアルがある。

ＲＰＧ－７の最大射程距離は九百メートル。実戦の有効射程距離は百五十から三百メートル。一九八〇年代のアフガニスタン紛争時、アフガン兵は八十メートルまで接近して発射するよう指導されていたらしい。命中精度に難がある兵器なのだ。

　これらに準拠して『ベトチ』の交戦規程でも八十メートルルールが適用されており、『セブ』はこれを逆手に取る作戦だった。真面目でルールに従うベトナム人気質も計算に入っている。

　フォークリフトでコンテナを運んで防壁として、第三棟と撃ち合いをする簡易砦にするわけだが、百メートルの距離で停止するつもりなのだ。『セブ』側は八十メートルラインに到達するまで撃たれることはない。発砲許可を現場の指揮官が出すまでのわずかなタイムラグに橋頭堡をつくってしまおうという作戦だった。

　コンテナは皮肉なことに第一〇三分署の『一夜城』を参考にしている。風間が警視庁のコンテナの作製手順を『セブ』に流したのかも知れない。

　第三棟の正面に出来た簡易砦は、攻撃の主力と見せかけた陽動だった。

『セブ』の攻撃の本体は、ゴムボートで背後から上陸する軍隊経験者で構成された少数精鋭の『首斬り隊』だ。

　彼らは『ベトチ』の幹部殺害と潜水艇の爆破を目標としている強襲部隊で、『セブ』が高額で雇った傭兵（ワイルドギース）である。

この作戦は俺からリークした警備計画を参考に風間が考え、自分が利口だと思っているうすら馬鹿のヤマグチに吹き込んだものだ。

※　※　※

『チン毛頭くん拉致したけど。次のステップいこうか』

〈犯罪特区〉の新旧勢力の代表格である『ベトチ』と『セブ』の武力衝突の噂がながれてから、『ベトチ』に頼っていた弱小勢力が避難をはじめている。

築地大橋が築地警察署と第一〇三分署の協力で封鎖強化されてから、『勝どき五丁目親水公園』は、ジャンキーと売人の青空市場から単なる公園にと姿を変え、商売には向かない場所と化したのも弱小勢力が逃げる要因だろう。

「どうやって?」

『こちとら〈犯罪特区〉長いかんね。いろいろあんのよ』

俺の質問には答えず、薄く笑いながら言う。やはり風間は私的に密偵(エス)を飼っているようだ。捜査の途中で少なくない金が、風間の隠し口座に流れるが、その使い道がなんとなく理解できた。

『んで、あんたに引き渡す。パトロールの時間は変更なし?』

「ああ、変更ない」

『よし、いよいよ仕掛けるよ。ヤマグチみたいな、おあつらえ向きの馬鹿がすぐみつかってよかったよかった』

　第三棟が『ベトチ』防衛の要で、そこには十名一個分隊が三分隊詰めている。ほぼ、建物から出ずに専守防衛。彼らの活躍でなめてかかってきたロシアマフィアは完膚なきまでに叩き潰されている。陸軍出身の者も多く練度の高い連中だ。通称『虎（コンコツ）中隊』。丹生が潜入していたのは、この部隊だ。

　あとは、治安維持を任務とした部隊がある。五名一個分隊で四分隊。通称『鷹（デュウハウ）中隊』。憲兵と偵察（スカウト）部隊を兼ねたような任務の即応部隊だ。俺は第一分隊の隊長に抜擢（ばってき）されている。

　支配地域をパトロールするのも、鷹中隊の役目だ。俺の第一分隊がパトロール中に、ヤマグチとかいう馬鹿を捕捉する段取りだ。

『チン毛頭くん、お薬で朦朧（もうろう）としているから抵抗とか無いと思うよ。情報をそっちで吐かせたら、もう用済みなので好きにしていいよ』

　ここからは、俺の腕のみせどころだ。ヤマグチに『セブ』の襲撃計画を吐かせて、迎撃計画をバイックに進言しなければならない。その際に、友好関係にある『ホセ・カルテリト』から援軍として『決闘者』を借りるように仕向ければ上出来だ。

思案を巡らせながらポケットの中のクルーガーランド金貨を無意識に指でなぞる。父が入った木箱を支えているとき、俺の口に押し込まれたものだ。ついている歯形は俺のものだった。

西部最速の男。最強のガンマン。俺の憧れの存在だった。

「なぜ、抜かなかったんだ、父さん?」

それが抜けないトゲのようになって、目の前で父親を崖の下に落としてしまった場面から一歩も踏み出せないでいる。

俺の第一分隊に割り当てられたパトロール区域は潜水艇のドックがある水路の周辺だ。俺がタバコを吸うふりをして風間と連絡をとる、『勝どき五丁目親水公園』も含まれる。

二人一組で朝・昼・夜の三交代制。順番に二直が回ってくるのは、当直交代の引継ぎを簡単かつ確実にするためだ。

俺が昼勤務と夜勤務を続けて入るシフトのタイミングで、ヤマグチが『勝どき五丁目親水公園』に放置される段取りだ。

こいつを、バイックの前に連行する。すでに風間は、

「ヤマグチは組織内部の資金を横領し、発覚を恐れて逃げた。逃亡先は『ベトチ』で、襲撃計画を手土産に助命を乞うらしい」

という虚報を『セブ』内に流している。もともと、ヤマグチは嫌われ者だった。馬鹿だ

と侮られてもいた。それが急に評価を上げて嫉妬交じりの逆恨みをかっていたのだろう。裏切りの虚報を疑う者はいなかったようだ。

不細工な彼奴の女房と、マサ・ヤマグチに輪をかけて馬鹿な弟はその日のうちに粛清され、東京湾に捨てられている。東京湾海底谷の底でヌタウナギに骨にされている頃だろう。

情報が漏洩した危険を考慮して、襲撃計画は早まることになった。こうして『セブ』の背中を押す効果も考えて風間は計画を練っていた。

重要な潜水艇をパトロール区域にしている俺の第一分隊は、バイックにとって最も信頼する配下だ。ヤマグチを捕捉したら、必ず緊急会議が招集され意見具申が求められる。その席で俺は『ベトチ』を強硬論にもっていかなければならない。俺がバイックにとって目に上のたんこぶだったタン一味を乱暴な手順で排除したのは布石。

綱渡りの作戦だが、今回バイックを動かせなくても、また仕切り直せばいい。仕掛けに使われたヤマグチは犬死になるが、どうせ生きていても犯罪に加担するだけのクズである。

クズが減ることはいいことだ。

※　※　※

「どうやら、また『セブ』が動いているようだね」

スタームルガー・ブラックホークを分解掃除しながら『助手』が言う。『決闘者』は銃の整備を彼に任せて、メールのチェックをしていた。

彼らを『ホセ・カルテリト』に派遣した雇い主からのメールだった。〈犯罪特区〉で起きている事態がトピックスとして定期的に送られてくる。今、話題になっているのは『セブ』の武装準備だった。抗争の動きが見えていた。

二人の殺し屋が〈犯罪特区〉に派遣された主な理由は、既存の銃器販売勢力の排除。『ベトチ』に加担することで『セブ』は大きくすり削られ、面目を失った。存亡の危機にある。

起死回生の一手を打たざるを得ない立場になっていて『ベトチ』との全面対決は不可避の状況だった。

「助人依頼は来るでしょ。フィリピン人の間抜けどもと、ベトナム人の阿呆連中の単純な兵力差は十対一。俺らが介入しないと下請けの『ベトチ』が消えちまう」

分解掃除を終え、ガンオイルをボロ布で軽く拭きながら『助手』が『決闘者』にSAA

に良く似た拳銃を「自分で整備しろよな」とぶつくさ言いながら差し出す。

『決闘者』は拳銃を掌で半回転させて、慣れた手つきでヒップホルスターに差した。

「そうそう。あんたお気に入りのミン君だけど、生きていたようだよ。自分を裏切った三人をぶっ殺して、『ベトチ』の幹部になったらしいぜ」

それを聞いてひらりと『決闘者』が笑った。

「日本を離れる前に、まだミンが生きていたなら、殺そうか？」

第十三章

俺と当直になったのはクォンだった。クォンは陸軍時代、銃の暴発事故で片眼の視力を失っており、除隊となった過去を持つ。

彼は、元・狙撃兵だったのだが、狙いをつける利き眼をなくしてしまい、軍に残るという希望は断たれてしまったのだった。

その後、日本に研修生として渡航したが、障害のあるクォンを雇ったのは、ご多分にもれず、中国系の悪徳業者。トラブルを起こして、流れ着いたのが『ベトチ』だったというわけだ。

こうした経歴の者は多い。パスポートを没収して、逃げられないようにする業者もあるらしい。

クォンにはもう、逃げる場所がない。中国系黒社会の息がかかった人物を殺害しているので、うっかり〈犯罪特区〉外など歩くことが出来ないのだ。

それゆえ『ベトチ』への帰属意識は強い。バイックの最も忠実な兵士の一人だった。

　そのクォンが、公園に佇（たたず）むヤマグチを連行してきた。

「ミンさん、不審者です」

　なるほどヤマグチは、風間が言っていたように禿げかかった毛髪が陰毛のようにチリチリで、だらしない体つきをした醜男だった。

「お手柄だな。コイツはマサ・ヤマグチという『セブ』の通訳だ」

　俺は『セブ』の幹部の写真と特徴が書かれたファイルをめくってクォンに見せる。多国籍の反社会的な組織がひしめく〈犯罪特区〉では、通訳を生業とする者も多い。

　ヤマグチのような無能な馬鹿でも、それなりに職を見つけることが出来る。

「通訳ですか、やりましたね」

　右目からうっすらと放射状に傷が残るクォンが嬉しそうに笑った。通訳は、交渉の場に同行することも多い。思わぬネタを持っていることがあるのだ。

「報告書には、君の名前を書いておく。ボーナスが出るかもな」

「ありがとうございます。ミンさん」

　足元もおぼつかないヤマグチの腕を捻り上げながら、取調室に連行する。

　クォンからの連絡を受けたバイックがすでに待っていた。

「クォンが『セブ』の通訳を捕まえたって？」

バイックは上機嫌だった。『セブ』が不穏な動きを見せているのは知っていたので、その詳細を欲しがっていたのだった。

「手配書からすると、こいつは日比二世のマサ・ヤマグチです」

餌を投げ込んでやる。バイックは喰いつくか？

「いいね。いろいろと聞きたいことがある」

ナイロンの結束バンドで後ろ手にヤマグチを拘束し、椅子に座らせた。風間の密偵に打たれたらしい薬物で朦朧となっているヤマグチは抵抗することなくぐったりと椅子に座った。

「なんだコイツ、ラリってるのか？」

いきなり、バイックがヤマグチを平手打ちしながら言う。ヤマグチは、不明瞭な言葉で何かを呟いている。

「捕らえたときから、こうだったようです」

一歩後ろに退いて、俺はバイックの質問に答えた。

「くそ、ジャンキーかよ」

今度は拳を固めてヤマグチを殴る。情けない悲鳴がヤマグチから上がった。股間がじわじわと濡れてきたのをみると、失禁したようだ。

「ムカつく顔だな、お前。それに、なんだその髪は！」

バイックが、ヤマグチを殴り続ける。鼻血が流れ、唇が割れ、内出血で瞼が腫れる。尋問は始まっている。こうして、痛みと恐怖で冷静な判断力を奪っていくのが定石だ。バイックはそのあたり、よくわかっている。

バイックの額に汗が光っていた。汗に混じって微かにマリファナの臭いがすることに俺は気づいた。

職務のプレッシャーから、バイックが売り物のマリファナを『検品』と称してくすねているのを知っているが、近頃はその使用量が増えているようだ。『セブ』の不穏な動きのせいである。

立場上「なんでもない」風を装っているが、一歩間違えれば『ベトチ』は皆殺しだ。それほどの戦力差がある。実務家であるバイックは胃が痛いことだろう。

「代わりましょうか？」

そうバイックに言ったのは、実は挑発だ。ミンは真面目な男なので、異様に汗をかいているバイックを案じ、そういう提案をするのは不自然ではないので、表向きは挑発には見えないが。

「大丈夫だ」

ハンカチで汗を拭ってバイックが答える。弱みを見せたがらないバイックなら、こう応じるだろう。

『自分が尋問して、自分が情報を引き出す』

そうした状況が、これからの俺の『誘導』には必要だった。

「お前ら、『ベトチ』襲撃を計画しているらしいな！　どうなんだ？　え？」

問いながら殴る。殴りながら問う。尋問はその繰り返しだ。考える隙を与えないこと。これが尋問のキモだった。バイックが情報将校出身だという噂は本当だろう。手慣れている。

風間の密偵に打たれた薬の影響で、尋問の下地が出来ていたというのもあって、ヤマグチはなんでもべらべらとしゃべった。

暴力から一変、バイックが労わるような様子を見せると、ヤマグチは慈悲にすがるような様子を見せた。緩と急の使い分け。このあたりは、カルトの洗脳と似ている。

言い方を変えて、同じ質問を繰り返す。ヤマグチの回答が同じなところをみると、どうやら本当の事を言っているようだ。

俺が差し出したタオルでヤマグチの血で汚れた手を拭きながら、バイックが満足げな鼻息を漏らしている。欲しい情報が手に入ったのだ。

バイックが腰裏のヒップホルスターからベレッタM9を抜いて、あっさりとヤマグチの頭を撃ちぬく。

ヤマグチは「え？　冗談ですよね？」という間抜け面のまま固まっていた。後頭部の射出孔から脳と頭蓋骨が散って壁にべっとりとこびりつく。

「この野郎、クソまで漏らしやがって臭くてかなわん。処理は任せるよ。あと、十分後に『虎』と『鷹』を招集してくれ。第一会議室に集合だ」

※　※　※

バイックが、ヤマグチから聞き出したのは、具体的な『セブ』の襲撃計画だった。

第三棟への攻撃が陽動であることも、金で雇った傭兵が背後を衝くことも、発覚してしまっている。

この状況をどう利用するか、首領のチェットを議長、バイックを進行役として、保安担当者全員が集められた。

ここが、俺にとっての最後の難関だ。強硬論にもっていかないとまずい。

アオザイの美女に付き添われた車椅子の首領チェットは、会議に臨席するが口を挟まない。意見を言えばそれが決定事項になってしまうからだ。

普通、反社会的な組織は独裁体制を敷きたがるものだが『ベトチ』はその点が大きく違う。うっかりすると普通の企業活動の会議かと勘違いしてしまう。

バイックから、ざっと状況の説明があり、意見が求められた。

勤勉で研究熱心だが、こういう時に進んで意見を言わないのもベトナム人気質だ。

バイックが俺を見ている。「何かきっかけを作れ」とその目は言っていた。

俺は、最後の『誘導』に入った。咳払いをして、「では、俺から」と断ってから意見具申する。

「敵は、我々の背後からゴムボートで奇襲をかける気でいます。安全策なら『上陸させない』ですが、ここはあえて上陸させて、迎撃。全滅させるのが良いと思います。敵の上陸地点は、俺の受け持ち区画。正面から第一分隊が受け止め、第二、第三分隊が左右から挟撃します」

俺はここで言葉を切り全員を見回した。バイックは続けろと小さくうなずいていた。

「万が一のセーフティネットを、『ホセ・カルテリト』に依頼。輸送任務の時に護衛についてもらったガンスリンガーにきてもらいましょう。凄腕なのは確認済みです。第一棟は無人にして、ここを防御拠点にします。非戦闘員は第二棟に避難。第二棟を最終防衛ラインとして、『ホセ・カルテリト』のガンスリンガーに守ってもらいます」

奇襲の傭兵たちが、『ベトチ』の保安部隊を排除。〈犯罪特区〉外の『セブ』準構成員が、高速のパワーボートで接岸上陸して第三棟の背後を衝く計画がヤマグチの口から語られている。人数を頼みにした総力戦だった。

この『ベトチ』襲撃計画を発案したのは、さっき無様に死んだヤマグチ。もちろん、ヤマグチは馬鹿なので立案できるわけもなく、風間から吹き込まれた案をそのまま上申しただけだ。

　上申された策は『セブ』によって採用されている。問題は日程だが、これはヤマグチが行方不明になったことで、繰り上げになるらしい。

　このあたりは、バイックが『セブ』に潜り込ませている密偵から連絡が入るようだ。風間と違って踏み込んだ情報が入ってこないので、下級構成員に密偵を潜り込ませていることがわかる。

「問題は、潜水艇が銃火にさらされることだ。輸送任務以外で沖合に出すのもリスクがあって避けたいところだが……」

　バイックが苦言を呈する。警視庁や海上保安庁では追跡不可能な潜水艇は『ベトチ』の虎の子である。入り江になっているドックと違って、大型船舶の往来が多い東京湾内に長時間留まるのは危険だった。

「襲撃が始まったら、ドックがある入り江に沈底してもらいましょう。ブイ付きの有線アンテナを浮かべておけば、動画で地上の様子を見ることができます。こっちが敵の襲撃を事前に知っているので余裕をもって退避できるでしょう」

　潜水艇が沈底して通信が遮断されると困る。トイレのタンクの裏に仕掛けたC４爆弾の起爆装置を作動せることが出来ない。だが、アンテナが伸びていれば大丈夫だ。

今回の作戦では、潜水艇を爆破することも含まれる。高スコアが約束された標的だった。

「誘いこんで、叩くか。いいね、それでいこう」

バイックが、俺の案に乗った。自然に誘導できた。

新興のベトナムマフィア『ベトチ』の終わりの始まりだった。

ヤマグチの失踪によって『セブ』内部では緊急作戦会議が招集され、日程の繰り上げが決定したらしい。

中止とするには作戦の規模が大きすぎた。動き出したら簡単には止まることは出来ない。風間の狙い通りだった。

日程変更はバイックもつかんでいて、あらかじめ聞かされていた風間からの情報とも一致する。

阿仁による段雷の準備も整っていて、作戦終了後の報告書もすでに段取りを整えてあるらしい。『セブ』と『ベトチ』という中堅以上の組織が壊滅に近いダメージを受けるのだ。

それを、風間と阿仁と俺で独占している形で、かなりのスコアを稼げる計算だった。

俺にとってはスコアなどどうでもいいことだ。『決闘者』を呼び出せることが、何よりも大きい。

※　※　※

水路を挟んで対岸にある『ベトチ』の本拠地を阿仁は見ていた。冷凍品会社の社屋と倉庫を不法占拠して非合法の物流で勢力を伸ばしてきた連中だった。

叩き潰しても、叩き潰しても、新興の組織が流れてきていつの間にか〈犯罪特区〉内部で繁殖する。

安全でお金が稼げる国ということで、書類を偽造してまで外国人が流入してくる。留学や研修という名目なら、アルバイトなどをしないことを条件に助成金まで出る。

「馬鹿な仕組みだ」

阿仁がつぶやく。

――助成金をもらったうえで、アルバイトもするに決まっているだろうに。

彼らが感謝などしないことを、〈犯罪特区〉で本性をむき出しにした外国人どもと対峙したことで理解している。日本政府の事など、騙されて金を巻き上げられる頭の弱い連中としか思っていない。

背乗り（はいのり）したか、不法滞在を続けている連中が、新しく入ってきた留学生や研修生を楽して稼げる安易な悪しき道に誘う。

政治家は投下した税金がどこから還流するのか知らないのか、相変わらず自国の学生を助けずに外国の学生を優遇している。

「変な国だよなぁ」

多国籍の反社会的な組織が渦巻く〈犯罪特区〉にいると、構造の歪さがよくわかる。通用しない『性善説』が根底にあるので、それを悪用されているのだ。

犯罪者の人権ばかりが尊重されて、無辜の民の人権は無視される。そんな理不尽さが浮き彫りになる。

「俺は、案外、〈犯罪特区〉向きだ」

阿仁には、恵まれた体格と身体能力があった。それを誰かのため、善きことのために使えと小倉に言われて、なんとなく警察官になった。

地域課に勤務していて自覚したのは「普通の警察官は向いていない」だった。〈犯罪特区〉から出たら、自分は単なる暴力警察官でしかないと阿仁は思っていた。ヤクザと変わらない。いつか破滅する運命であることも似ている。

阿仁は対岸の『ベトチ』本拠地のどこかにいる長野文四郎のことをぼんやりと考えていた。

はじめはマトモな男に見えた。だが、ふたを開けてみると、父親を殺した者を追うために『潜入捜査』を繰り返して情報収集するイカれた野郎だった。あと、相手を虫けらのように殺す。殺しても感情の揺らぎは見えない。

——風間と似ている。

糸の切れた凧（たこ）のようにふらふらと漂っている自分と違って、目標に一直線というのが、似ていた。

目的達成のために何を犠牲にしてもかまわないと考えているところも、風間とそっくりだった。

彼女から聞いた作戦の概要を反芻し「いっぱい人が死ぬなぁ」と阿仁はつぶやいた。死ぬのは、どうせ生きていても日本に仇なすだけの存在だとは思ったが、かすかに同情心があるのを阿仁は自覚していた。

——俺は警察官というよりは〈犯罪特区〉の人間に近いのかもしれない。

火気厳禁の段雷発射装置周辺から離れて、タバコを吸う。

ラクダのマークが気に入ったという理由で阿仁はキャメルを吸っている。実は、タバコのフレーバーなど何でもよかった。

阿仁のため息とともに、夜景に紫煙が流れた。

※　※　※

払暁、『セブ』の襲撃があるという通達があり、配置についた。政庁となっている第一棟の避難はすでに完了しており、事務方と首領のチェットは第二棟に移っていた。

埠頭を見下ろす第一棟二階の壁の内側に土嚢が積まれて銃座が作られている。俺の第一分隊が陣取り、上陸してくるプロの戦争屋を迎撃する手はずだ。

埠頭の右端と左端に置かれた大型コンテナは、普段は輸送品の一時保管場所になっているが、今は土嚢が詰め込まれており、簡易トーチカとなっていた。第二分隊と第三分隊が、籠っている。

俺の第一分隊が傭兵どもを埠頭にくぎ付けにし、そこを左右から十字砲火に捉える作戦だった。

この状況を作るために手間をかけた。あとは、俺の手で仕上げをする。『セブ』も『ベトチ』も、今日で終わりだ。

風間の私物スマホにウイルスを仕掛けた。

〈犯罪特区〉内で勢いのある組織二つを共食いさせた。

バイックの帳簿を奪い『ホセ・カルテリト』の仕入れ担当者を割り出す。

これで、警察庁、警視庁、アメリカ陸軍犯罪捜査司令部への最低限の義理は果たしたことになる。

あとは、俺自身の案件に移らせてもらうだけだ。

朴訥なベトナム人『ミン』の仮面を脱ぎすて長野文四郎に戻っていく。

ミンとして暮らした記憶のために、異国の地で互いを守るために集まった地縁組織を潰すことに微かな同情が湧くが、犯罪に手を染めるということは、それだけリスクがあるということだ。可哀そうだが、仕方ない。

持ち場で待機する従軍経験がある第一分隊の連中は静かなものだった。

支給されているのは、おなじみAK－47、通称『カラシニコフ』。ベトナムは社会主義国なので、ロシア製の武器が使われることが多い。

スターライトスコープで、海上を見張った。

第三棟の方向で、爆発音と銃声が響く。攻撃の主力に見せかけた陽動作戦が開始されたようだ。『虎』の連中が、激しい抵抗をしていることだろう。

そろそろこっちも襲撃を受ける時間だ。波を蹴立てて進む、ロシア製軍用ゴムボートの白波が見えた。

「来たぞ」

俺の言葉に、第一分隊四名のAK－47のコッキングが引かれてカチャついた音が響く。

俺は、窓枠に置かれた信号弾拳銃に、弾を込めた。

埠頭を照らすライトはあるが、戦争のプロならまずそこを潰してくる。

暗闇の方が侵入しやすい。そこで、照明弾を撃ち込み、闇の衣をまとわせないという寸法だ。

電気モーターで動く軍用ゴムボートは音がちいさい。

傭兵ども十二名が、二艘のゴムボートに分乗して、埠頭に這い上がってくる。

俺は信号弾拳銃の安全装置を外し、傭兵どもの上空に向かって撃った。

それが合図になって、阿仁の段雷がバンバンと響く。

「ミンさん！　なんですか、あれは！」

照明弾に慌てて地面に伏せる傭兵たちに銃口を向けながらクォンが叫ぶ。

「俺のＳＡＡの銃声をごまかすためだよ」

クォンが怖い目で俺を睨む。ＡＫ－47を振り向けるより、腰の拳銃を抜く方が速いと踏んだのか、右手がホルスターに伸びた。

ズンは窓枠に乗せたＡＫ－47を持ち上げ、俺に向けようとしていた。

バオは肩のストラップにあるスローイングナイフに手を伸ばしている。

ロンはクォンと同じく拳銃を抜こうとしている。

さすが実戦経験者だけあっていい反応だが、俺相手なら遅すぎる。

バックル近くの変則的なポジションにあるホルスターから、ＳＡＡを捻りながら抜く。

父から伝授された『イアイ』だ。

抜きながら親指で撃鉄を起こし、一番反応が速かったクォンを撃つ。

そのままトリガーを引きっぱなしにして、左手で撃鉄を撫でる。親指で起こして離す。

次に薬指で撃鉄を起こして離す。

銃声は一発だけ。だが、実際は三発の弾丸が飛んでいる。

クォンとバオとロンが強力な四五口径の弾丸に吹っ飛んで、土嚢にたたきつけられた。

俺がガン・ショーで磨いた『トリプルショット』だ。

何が起きたかわからずAK－47を持ったまま固まったズンに銃口を向け、親指で撃鉄を起こした。

「すまん」

詫びの言葉は、今まで演じていたミンの残滓か。

バンとSAAが跳ねる。ズンが腹を抱えてうずくまった。げぇげぇと血反吐を吐く。空では派手に段雷が響いていて、俺の銃声は第二・第三分隊には聞き取れなかっただろう。

上陸したのに、迎撃をしない俺の第一分隊に痺れを切らせた第二・第三分隊が射撃を始めていた。

傭兵たちは無事に埠頭を横切り、第一棟の一階壁際に張り付いて、左右のコンテナと交戦中だった。互いの赤い曳光弾が交差している。傭兵たちは、じりじりと移動して、なんとか第一棟の屋内に入ろうとしているが、無理だ。

扉は溶接され、壁は補強されている。窓は防弾ガラスと鋼鉄のシャッターで閉ざされていた。トーチで時間をかけて焼き切れば侵入可能だが、彼らにそんな暇(ひま)はない。

俺は、撃鉄を半分起こしたハーフコックの状態にして、ローディングゲートを開け、発射された弾丸四発の薬莢を床に落とす。ポケットから弾を取り出して輪胴(シリンダー)に込めた。

パワーボートのエンジン音が響いている。コンテナの第二・第三分隊は腹背に敵を受けて苦戦するだろう。これで、しばらくここに釘付けになってくれると、誰にも邪魔されずに俺は自由に動ける。

ポケットから、骨伝導ワイヤレスイヤホンを取り出して嵌めた。

風間の声が聞こえる。

『始まったね。そっちの様子は?』

「段取り通りに終わった。だが、増援の判断が予想より早い。コンテナ組は長くはもたんぞ」

着弾でコンテナからガンガンと火花が散り、銃眼から突き出した銃口から応射のマズルフラッシュが瞬いているのが見える。今は、傭兵が第一棟を制圧した後に出てくるはずの増援が、海上からコンテナに銃撃を加えていた。現場の判断なのだろう。いい判断だ。

『自爆ラジコン機を使って、「ベトチ」を援護しますかね。阿仁が用意しているはず』

「狙うなら、上陸している傭兵を潰してやれよ」

『うん。そうする』

俺はポケットから、スマホを取り出した。

「偵察ドローンの画像を見てくれ。潜水艇は沈んだか？」

『ブイだけが浮かんでいるよ』

「そうか」

スマホを起動し、短縮番号をタップした。

数秒後、ズシンという衝撃が第一棟に伝わり、パラパラと天井から埃が降る。

ベトナム人マフィア『ベトチ』を一大勢力に押し上げた潜水艇が失われた音だった。

※　※　※

第二棟の会議室には会議用の長机が並べられ、複数の黒電話と数台のノートPCが並べられていた。『鷹』第四分隊と、バイック子飼いの事務員十名がここに詰めている。臨時の作戦司令部である。

バイックは、奇襲部隊を迎撃する第一棟を映す監視カメラの画像に見入っていた。

ミン率いる第一分隊からの攻撃がなく、早期の傭兵団殲滅というプランが崩れてしまっている。挟撃予定の第二・第三分隊がやむなく攻撃を開始し、傭兵部隊との激しい銃撃戦になっていた。

何度も内線電話で第一分隊をコールしたが、誰も出ないことに苛立って、バイックが受話器を叩きつけた。第一棟の内部の監視カメラも全てダウンしている。

ひっきりなしに、コンテナに籠った第二・第三分隊から、救援要請が来る。だが、保安部隊を割こうにも、第三棟はRPG－7が飛び交う激戦になっていて余裕がない。

「海上からも攻撃を受けています」

第二・第三分隊の悲鳴のような通信が入る。パワーボートを使った強襲部隊が先遣隊である傭兵部隊の合図を待たずに突入してきたのだ。

第二棟を守る第四分隊五名と、『ホセ・カルテリト』からの助っ人二名しか予備はなかった。

ミンの朴訥な顔が浮かぶ。じわじわと疑念がバイックの胸を焼いていた。

――彼奴を信用したのは、早計だったのか？

第一棟が突破されれば、数で押し切られてしまう。バイックは第四分隊の投入を決断した。第二棟の守りは、助っ人二人に託すしかないと腹をくっていた。

「第四分隊、ついてこい！」

バイックがそう言ったとき、ズズンという地響きがした。

「今度はなんだ！」

監視カメラを操作しているオペレーターの顔からさっと血の気が引く。

「バイックさん、大変です……」

オペレーターを肩で押しのけるようにして、モニタをバイックが見る。

そこには、沈底しているはずの潜水艇の位置に波紋が広がり、油が浮いている映像が映っていた。

「潜水艇を無線で呼び出せ！」

「何度も試しているのですが、通じません！」

潜水艇を失うのは、痛手どころではない。『ベトチ』存亡の危機だった。

「ミンの野郎！」

普段は感情を表に出さないようにしているバイックが口汚く罵る。こうもタイミングよく破壊工作されたなら、内部の犯行以外考えられない。該当者はミンしかいなかった。

バイックが『ホセ・カルテリト』から派遣されてきた助っ人二人を見る。三つ揃いのダークスーツにスカーフを巻いた、そっくりな男たちだった。

一人はつまらなさそうに、爪をいじっており、もう一人はからかうような顔で、作戦司令部の混乱を見ていた。腰にガンベルトを巻き、ミンのＳＡＡによく似た拳銃を差している。

「ここの守りを頼みます」

二人のガンスリンガーに頭を下げる。バイックの腹が据わった。失ったものは大きかったが、生き残ればまだ道はあると、気持ちを切り替えたのだ。

バイックの手がブルブルと震える。ミンへの怒りで情報部にいた頃に身につけたアンガーコントロールが制御できなくなりそうだったが、何とか堪えた。

──マリファナを吸いたい。

バイックはそう思ったが、今はそれどころではかった。『ベトチ』の正念場だ。

「ミンは必ず殺す」

長い時間をかけて作り上げた組織を、一瞬で壊されてしまった。

また一からやり直すにあたって、ミンを殺すのはケジメだ。

「第一棟から誰か出てきたか?」

ベレッタM9をホルスターから抜いて、スライドを少し引き、初弾が薬室に納まっていることを確認しながらバイックがオペレーターに言う。

「いえ、誰も出ていません」

第一棟は裏口にあたる鉄扉以外は全て溶接している。ミンが逃げるとしたら、この鉄扉しかない。

──待ち構えて、蜂の巣にしてやる。

バイックらが、第一棟の裏口を望む土嚢を積んだ散兵線の裏にしゃがんだ。ここは、万が一第一棟が落ちた時、第二棟に撤退してくる者を援護するために作られたものだ。

第四分隊が土嚢にＡＫ－47を横たえ、第一棟の裏口に銃口を向けた時、バイックは何かが急降下するプロペラ音を聞いた。

「くそ！　くそ！　今度は何だ！」

バイックが罵ると、無線機から、

『ラジコンの飛行機が突っ込んできます』

という、オペレーターからの応答があった。

「ラジコンだと？」

爆発音が響き、傭兵たちが使っているＭ４Ａ１の鋭い銃声が止まる。

『傭兵たちのところで自爆しました！』

何が起こっているのかバイックには理解できなかったが、これでコンテナの分隊が助かったのは間違いない。

バイックが「考察は後」だと、思考をラジコンから切り離した。

「ミン！　中にいるのはわかっているぞ！　出てこい！」

無線をスピーカーにつなげて、バイックが叫ぶ。

第一棟のスピーカーから、ミンの笑い声が聞こえて、バイックの頭にかっと血がのぼりそうになった。

「バイック、ゲームオーバーだ。もう、お前らの行く末には興味ない。ここから出て行くので銃を下ろせ。用事があるんだよ。行かせてくれ」

ミンの声だが、しゃべり方が違うことにバイックは気づいた。朴訥なミンは、偽装人格だったのだ。

――タンとその一党の馬鹿どものせいで、見極めが雑になった。

偽装を見抜けなかったことで、これで『ベトチ』は創設当初にまで後退することになる。それがバイックには悔まれた。

「……わかった、武器を捨て両手を挙げてでてこい。そうすれば殺さない」

マイクではそう言ったが、バイックはハンドサインで『撃て』と第四分隊に伝えていた。

「そうか、さすがバイックだ。話が早い」

第四分隊の五人がAK‐47を頰付けする。指はトリガーにかかっていた。

「今から出る。いいか、撃つなよ」

スピーカーから、ミンの声が響く。バイックはサムブレイクのホルスターのストラップを親指で外した。

鉄扉が重い音を立てて開き、両手を挙げた男がよろめき出てきた。

——何かおかしい！

バイックはそう思ったが、第四分隊はもう射撃を始めていた。

何発もの銃弾が鉄扉の陰から出てきた男を貫き、着弾の衝撃で奇妙なダンスを踊ってばったりと地面に倒れた。

その男は、ミンではなく第一分隊のズンであった。

※　※　※

近代戦闘では「Z形に視線を送れ」と教わる。一点を集中して見ていると、視野狭窄（しやきょうさく）という目の端の物が見えないという現象が起こる。それを避けるために、左右に視線を振り、高さも変えて目を配るわけだ。

だが、第一棟裏口の鉄扉以外に敵が現れないという状況は、視野狭窄が起きやすい状況だった。

わざとバイックと会話をして緊張感を高めたのは、鉄扉に視線を集中させるため。

ズンを半殺しで生かしておいたのは、視野狭窄の連中の視線を左に流す囮。俺はワンテンポ遅れて右に出た。誰も俺には気づかない。

ボタン型CCDカメラと高高度からの監視ドローンでこの様子を見ていた風間が、「うわ、最低じゃん」などと言って笑っている。

ズンが蜂の巣にされている間に俺はSAAを抜いた。

バイックだけは俺に気付いて、ホルスターからベレッタM9を抜こうとしている。

撃鉄を起こし、撃つ。不可視の拳でボディブローを受けたように、バイックが身体をくの字に曲げて倒れる。

「あっ」

第四分隊五人が、驚愕(きょうがく)の目で一斉に俺を見た。

衝撃が大きいと人間は一瞬思考が止まる。彼らがその状態だった。俺にとっては射的の的だ。

脇を締め腰だめにSAAを構え、トリガーを引いたまま五連続で撃鉄を左手で叩く。

ガン・ショーのテクニック『煽撃ち(ファニング)』である。シングルアクション拳銃独特の連射術だが、直径五センチの的に当てるほど精密に射撃することが出来た。

第四分隊の男たちが一発ずつ四五口径の強力な弾丸を受けて倒れる。

俺は歩きながら、撃鉄をハーフコックにしてローディングゲートを開け、輪胴を回しながら空薬莢を地面に落とす。

俺は、うずくまっているバイックの肩を蹴って仰向かせた。

バイックはまだ生きていて、俺に銃口を向けようとしていたが、ベレッタM9を持ち上げる力すら残っていないようだった。

俺は屈んで、バイックがペンダントにしているＵＳＢメモリのストラップを引きちぎる。

「か……かえ……せ」

バイックの集大成が、このＵＳＢだ。震える手で俺に手を差し伸べて来る。

それを無視して、俺はスマホをタップした。

「手に入れた。風間と共有という形になるがいいか？」

通話の相手は、ジョンだった。廃棄されるはずだったベレッタＭ９の行方を追って、はるばる東京まで来たのは、このデータが欲しいからだ。

アメリカ陸軍犯罪捜査司令部（CID）が的にかけているのは『ホセ・カルテリト』で、彼らの仕入れルートから、アメリカ陸軍から備品の横流しをしている連中を突き止める気らしい。

『かまわん。あとはボブの仕事だ。君はここまででいい』

「そうさせてもらう」

ジョンとの会話の間、バイックが俺のカーゴパンツの裾をつかんでいた。

それを、蹴り離す。

「おまえは……誰だ？」

バイックの意識が混濁してきていた。

「長野文四郎」

俺は最後に本名を名乗ってやったが、その言葉がバイックに届いたかどうかわからない。

もう、死んでいた。

※　※　※

スマホにUSBを接続して、風間に送信する。

これで、俺の潜入捜査は終わりだ。あとは、プライベートな用件だけが残っている。

第一棟の戦闘は、阿仁が操作するラジコン飛行機爆弾で傭兵が排除されたことによって、コンテナ組の勝利となったようだ。銃声がまばらになってきている。

パワーボートは、沈められたか引き返したのだろう。

第三棟とフォークリフトの簡易砦は、未だに激しい銃火を交わしているが、背後を衝くはずの別動隊が全滅したとあっては、もう陽動の意味がない。

この失態で『セブ』はもうおしまいだ。『ベトチ』も実務家のバイックと潜水艇を失ったことで、根を伐(き)られた雑草のように枯れゆくばかりだろう。

ジョンに目をつけられ、アメリカ陸軍最強のスナイパーであるボブの攻撃目標になった警視庁も満足だろう。『ホセ・カルテリト』の終焉も近い。〈犯罪特区〉の勢力図が変わりかねない動乱だった。

データの送信が終わると、風間と通話する。

「これで、潜入捜査完了だな？」

『だいぶスコア稼いだ。ナイスだよ、カウボーイ。かえってきたら、おっぱい揉ませてあげる』

下品な女だ。俺はボタン型ＣＣＤカメラを引きちぎり、耳の骨伝導イヤホンを外して投げ捨てた。

『ちょっと、何……』

風間との通話はブツンと途絶えた。ずっと監視されていたのだ。断ち切れてせいせいした。

指で硬貨を弾く音を聞いたのは、その時だった。

第二棟の正面玄関に、三つ揃いのダークスーツにスカーフをした男が立っていて、金貨を跳ね上げ落ちて来るのをキャッチする動作を繰り返している。

「誰かと思えば、エル・サムライの息子だったか」

機械の合成音のような声で、その男が言う。

朝日が、惨劇の舞台になった埠頭を照らしはじめる。ユリカモメが、騒がしく鳴きながら運河に沿って飛んで行った。血と硝煙の臭いが鼻につく。ここには、俺たちの他は死体しかない。

「やっと会えた。『決闘者』。そうだな？」

俺は一歩『決闘者』の方に足を踏み出し、左肩を『決闘者』に向けて極端な半身になった。あの日、掌を裂いた痛みが幻の様に現れ消える。

「ほう『イアイ』か。なかなかの闘気だ」

チョッキのポケットに金貨を入れて、『決闘者』がスーツを後ろに捌く。右腰に吊ったスタームルガー・ブラックホークが見えた。

『決闘者』がゆっくりと左へと横歩きする。俺は、常に相手を真横に見るようにして、体の向きをずらす。

頬を撫でる東京湾の海風が止んだ。朝凪だ。

「お前の父親は、腰抜けだ」

機械の合成音で『決闘者』が言う。スカーフで喉を隠していることといい、声帯を損傷するようなケガをしたのだろうと類推できた。

王子駅では見ることが出来なかった『決闘者』の顔。その目をのぞき込む。濃いブラウンの瞳。そこには、感情の欠片さえ見えなかった。俺は思い出していた。口に金貨を押し込んだ男の眼を。まるで冬の夜の様にシンと冷えた眼を。

「親父とお前の間になにがあった？」

浅い笑みが、『決闘者』の頰を刷いた。

「何も聞かされていないんだな。まぁいい。どうせお前は死ぬ」

殺気が、膨れ上がる。『決闘者』の手が、銃把（グリップ）のあたりをさまよう。

俺は、ベルトのバックル近くの変則的なポジションのホルスターの近くに掌を構えた。

「DAWNproject」

ぽつんと『決闘者』がつぶやく。

「運があって、お前が生き残ったら、それを辿（たど）れ。健闘したお前へのプレゼントだ」

笑みの形に『決闘者』の唇がゆがんだ。だが、その眼は笑っていない。

ぐうっと両肩を押さえ込まれるような、感覚があった。

そうか、俺は怖いのかと気づく。

「くそ！」

怒りの炎を胸に灯（とも）す。なんのために、今日まで『イアイ』を磨いてきたというのか？

今日、この一瞬のためではないのか？

俺の父親は、拳銃を抜かなかった。そして、殺された。

目の前の男、『決闘者』に。

息を吸い。息を吐く。

全ての感覚が鋭敏となり、埠頭を這うフナ虫の足音さえ聞こえるような気がした。

「それでいい」

『決闘者』の合成音が耳障りだ。

朝凪が終わり、最初の風が頰を撫でる。

気が付いたら抜いていた。

多分、生涯最速の『抜撃ち(クイック・ドロウ)』だった。

『決闘者』がのけぞり、パッと血がしぶいた。首のスカーフが弾け飛び、機械がはめこまれた喉が見えた。

その視界が、斜めに傾いてゆく。

足に力が入らなくて数歩よろめき、潮風に錆びたフェンスによりかかる。

じわじわと血がにじむ腹を俺は見ていた。痛みは感じない。

ただ、大事な何かが抜け落ちてゆく感覚だけがあった。

『決闘者』は、首を押さえていた。俺の弾丸は、彼の首をかすめて肉の一部とスカーフを千切っただけらしい。かすり傷だ。

「はっ」

鋭く『決闘者』が笑う。相変わらず、眼は笑っていない。

ブラックホークの銃口を俺に向けたままチョッキのポケットから金貨を出して『決闘

者』が近づいてくる。

　クルーガーランド金貨。裏面にスプリングボックという草食動物が刻印されている。「お前は狩られる側だ」という『決闘者』のメッセージなのだという。

　パキン。

　音がして、俺は運河に転げ落ちた。錆びたフェンスが折れたのだ。

　俺はそのまま水路に転落していった。

エピローグ

暗い水の中に引きずり込まれた俺が、どうやって波間に漂う沈みかけのゴムボートにしがみつけたのか、記憶にない。

このゴムボートは、傭兵たちが上陸作戦に使ったもので、何発かの流れ弾を受けて穴が開いていたが、空気が抜けきっておらずかろうじて浮かんでいたようだ。

ドローンで風間が俺を見つけ、阿仁が救助してくれたらしい。

撃たれた腹部は盲管銃創（もうかんじゅうそう）になっていたが、運よく主要臓器を避けており、緊急搬送された病院でなんとか生命の危機を脱することが出来た。

第一〇三分署の警察官だとバレた俺には、『ベトチ』と『ホセ・カルテリト』から賞金がかけられたが、互いの激突で深手を負った両組織の縄張りを蚕食しようと、新しい勢力との抗争が激化し、それどころではなくなっているらしい。

落ち目になると、あっという間に喰われる。〈犯罪特区〉は、そんな場所だ。

落ち目と言えば、何者かの庇護で急成長した『ホセ・カルテリト』だが、銃器の仕入れ担当者が行方不明になり、アメリカ本国で大規模な陸軍による汚職事件が発覚すると、枯葉剤を撒かれたかのように、急激に弱体化してしまった。

いつの間にか、『決闘者』と『助手』の姿も、『ホセ・カルテリト』から消えてしまっていた。

「おつかれさん」

風間が俺を見舞いに来た。こいつの猫なで声は気持ちが悪い。一応、見舞いの品はもってくるが、結局自分で全部たべてしまう。

返事をせずむっつりと黙り込んで「迷惑だ」と、態度で示しても、こいつは気にしない。

やっと姿を捉えたと思った『決闘者』は〈犯罪特区〉の闇に消えてしまい、また一からやり直しとなって俺は機嫌が悪いのだが、風間は空気を読まない女なのだ。

「アメリカ全土をあてどなく探すより、エリア絞れているじゃん。また組もうよ、ね？」

風間の熱心なスカウトは、小倉がチームから抜けてその後任を探しているから。好んで風間と組みたがる者は第一〇三分署にはいないし、阿仁は頼りないと考えているらしい。

「まぁ『決闘者』が日本にいる限り、あんたには協力するよ」

しぶしぶ答える。そして、今回の事案でだいぶスコアを稼いで上機嫌な風間を無視して、中古車販売の店とのメールのやりとりに戻る。

俺の住所があるテキサス州西部、エルパソ郊外のフォート・エイトに残してきたアンナ・バーソロミューとその母親ルビィが、ようやくDV男のフランクとの離婚に踏み切り、遠くに引っ越すことに決めたらしい。

彼女らのパニックルーム代わりに残しておいたキャンピングカーが不要になったので、知り合いに譲る手続きをしていたのだ。

――アメリカに残した懸念が一つ減るのはいいことだ。

ここでのクソみたいな毎日で、唯一の朗報なのかもしれない。

※　※　※

退院の準備を終えたクリニックの屋上庭園で、小倉はタバコを吸っていた。

自分の娘ほどの年齢の若い看護師が、小倉を見て咳払いをする。小倉は苦笑して携帯灰皿に吸殻を入れた。

第一〇三分署からの転属願いは受理された。次の配属先が決まるまで、警視庁総務部付になり、三ヵ月の特別休暇が与えられる。

それほど心身を蝕む勤務地なのだ。小倉も例外ではない。だが、あそこから抜けると決めた時から、清々しい気分にはなれた。

治療から「苦しまないで最後を迎えるため」に、方向転換して自分の妻を闘病から解放することができたのも大きい。

もう、新薬の治験でモルモット扱いされるのはまっぴらだった。

癌との闘いで疲弊しきって眠っている妻の手を、小倉はずっと握っていた。悲しいほどやせてしまったその手を握りながら、もっと早くこうすればよかったのだと、後悔ばかりを感じていた。

「これからは、ずっと一緒だ」

彼女が去った後のことは考えないことにしていた。想像もできないことはするだけ無駄だ。

※　※　※

痣で腫れあがった顔を見せたくなくて、サボりがちだった学校に、アンナはきちんと通うようになった。

DV野郎が、何者かに叩きのめされ、入院をしている間に、母親も洗脳から解かれて離婚に踏み切っていた。

DV被害者支援団体が、離婚後の住居を斡旋（あっせん）してくれることになっている。

アンナは、アメリカから海外に逃げることを考えていた、アンナの母親は、まだ若く本当は美しい。まともな男を見つけて再出発してもいいと思っていた。彼女のためを考えると、自分の存在が邪魔だとわかっていた。

アンナが、都立高校への交換留学のパンフレットをもう一度読む。

ホストになってくれる家族は、子育てを終えた老夫婦で調布と呼ばれる東京郊外に住んでいる。そこにアンナも住むことになっていた。

「ブンシローにも会えるかな」

ベッドで足をばたつかせて、新天地である日本にアンナは思いをはせていた。

この物語はフィクションであり、登場する人物、および
団体名は、実在するものといっさい関係ありません。
——編集部

一〇〇字書評

武装警察　第103分署

切り取り線

購買動機（新聞、雑誌名を記入するか、あるいは○をつけてください）	
□（　　　　　　　　　）の広告を見て	
□（　　　　　　　　　）の書評を見て	
□ 知人のすすめで	□ タイトルに惹かれて
□ カバーが良かったから	□ 内容が面白そうだから
□ 好きな作家だから	□ 好きな分野の本だから

・最近、最も感銘を受けた作品名をお書き下さい

・あなたのお好きな作家名をお書き下さい

・その他、ご要望がありましたらお書き下さい

住所	〒				
氏名		職業		年齢	
Eメール	※携帯には配信できません	新刊情報等のメール配信を 希望する・しない			

この本の感想を、編集部までお寄せいただけたらありがたく存じます。今後の企画の参考にさせていただきます。Eメールでも結構です。

いただいた「一〇〇字書評」は、新聞・雑誌等に紹介させていただくことがあります。その場合はお礼として特製図書カードを差し上げます。

前ページの原稿用紙に書評をお書きの上、切り取り、左記までお送り下さい。宛先の住所は不要です。

なお、ご記入いただいたお名前、ご住所等は、書評紹介の事前了解、謝礼のお届けのためだけに利用し、そのほかの目的のために利用することはありません。

〒一〇一－八七〇一
祥伝社文庫編集長　清水寿明
電話　〇三（三二六五）二〇八〇

祥伝社ホームページの「ブックレビュー」からも、書き込めます。
www.shodensha.co.jp/bookreview

祥伝社文庫

武装警察（ぶそうけいさつ） 第103分署（だい ぶんしょ）

令和 4 年10月20日　初版第 1 刷発行

著　者　鷹樹烏介（たかぎあすけ）

発行者　辻　浩明

発行所　祥伝社（しょうでんしゃ）

東京都千代田区神田神保町 3-3

〒101-8701

電話　03（3265）2081（販売部）

電話　03（3265）2080（編集部）

電話　03（3265）3622（業務部）

www.shodensha.co.jp

印刷所　萩原印刷

製本所　積信堂

カバーフォーマットデザイン　芥 陽子

造本には十分注意しておりますが、万一、落丁・乱丁などの不良品がありましたら、「業務部」あてにお送り下さい。送料小社負担にてお取り替えいたします。ただし、古書店で購入されたものについてはお取り替え出来ません。

Printed in Japan ©2022, Asuke Takagi　ISBN978-4-396-34845-8 C0193

祥伝社文庫の好評既刊

安東能明
限界捜査
人の砂漠と化した巨大団地で消息を絶った少女。赤羽中央署生活安全課の疋田務は懸命な捜査を続けるが……。

安東能明
侵食捜査
入水自殺と思われた女子短大生の遺体。彼女の胸には謎の文様が刻まれていた。疋田は美容整形外科の暗部に迫る――。

安東能明
ソウル行最終便
日本企業が開発した次世代8Kテレビの技術を巡り、赤羽中央署の疋田らが韓国産業スパイとの激烈な戦いに挑む!

安東能明
彷徨捜査 赤羽中央署生活安全課
赤羽に捨て置かれた四人の高齢者の身元を捜す疋田。お国訛りを手掛かりに、やがて現代日本の病巣へと辿りつく。

安東能明
聖域捜査
いじめ、ゴミ屋敷、認知症、偽札……理不尽な現代社会、警察内部の無益な対立を鋭く抉る珠玉の警察小説。

安東能明
境界捜査
薬物、悪質ペット業者、年金詐欺……。生活安全特捜隊の面々が、組織に挑み、地道な捜査で人の欲と打算を炙り出す!

祥伝社文庫の好評既刊

柏木伸介　ドッグデイズ　警部補　剣崎恭弥

猟奇連続殺人犯、死刑執行さる。だが二十年の時を経て、再び事件が。狂犬と呼ばれる刑事・剣崎が真実を追う！

柏木伸介　バッドルーザー　警部補　剣崎恭弥

県警史上、最悪の一日！　世論の対立を煽る生活保護受給者連続殺人は、序章でしかなかった。剣崎に魔の手が……。

笹沢左保　金曜日の女　新装版

この物語を読み始めたその瞬間から、あなたは「金曜日の女」に騙されている。自分勝手な恋愛ミステリー。

笹沢左保　白い悲鳴　新装版

愛憎、裏切り、復讐……殺人の陰に潜む哀しい人間模様を描く。意表突くどんでん返しの、珠玉のミステリー集。

笹沢左保　死人狩り

銃撃されたバス乗員乗客二十七人、全員死亡。犯人は誰を、なぜ殺そうとしたのか。大量殺人の謎に挑むミステリー。

笹沢左保　異常者

「異常者」は誰かの「恋心」のすぐ隣にいる――男と女の歪んだ愛を描いたミステリーの傑作！

〈祥伝社文庫　今月の新刊〉